Für alle, die zurückkehren.

Bibliografische Information der
Deutschen Nationalbibliothek:
Die Deutsche Nationalbibliothek verzeichnet diese
Publikation in der Deutschen Nationalbibliografie;
detaillierte bibliografische Daten sind im Internet über
http://dnb.dnb.de abrufbar.

Verlag: BoD · Books on Demand GmbH,
Überseering 33, 22297 Hamburg, bod@bod.de
Druck: Libri Plureos GmbH,
Friedensallee 273, 22763 Hamburg

ISBN: 978-3-8192-2716-5

Michael Hirle

White Tipi

Fischherz 3

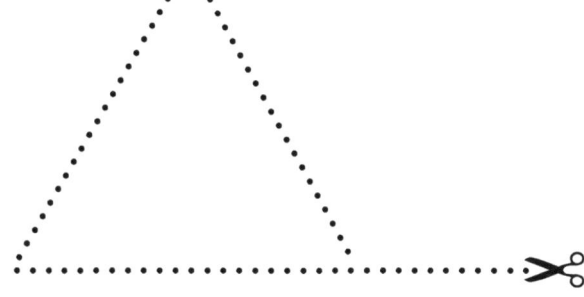

Über uns ein Mond,
der Entscheidung ist,
nicht die Unsere,
ihn in unser Leben zu lassen,
auch bei geschlossenem Fenster,
stets das Überschreiten einer Grenze.
Dunkel oder Licht,
Liebende zu sein oder Nichts,
in meinem Auge alte Wände,
dein Ja, Rettung und Untergang.

Kapitel 1 – Über uns ein Mond

Kein halbes Jahr, es ist später Frühling, die Sehnsucht
wandernd wie der Mond, mal unsichtbar, mal der Grund
für all die schlaflosen Nächte, die sind wie erste Male.
Vollmondzeit, täglich, bis wir uns wieder sehen.
Zuhause ist es kalt, Winter in Europa, sind tragische
Verbündete, ringen um Schönheiten, die am nächsten
Tag wieder verschwunden sind, weil die Temperatur
steigt die Zauberspiegel zu Matsch anrührt. Der Herbst
war zu kurz, Abschied und Ankunft, das Dazwischen so
oft in meinen Träumen wiederholt, dass ich daran
verrückt werde, wenn ich mich nicht vergewissere,
dass es ein Wiedersehen gibt. Wir telefonieren, zu viel,
meine Ma verzichtet dieses Jahr auf mein Weihnachts-
geschenk, die erlassene Telefonrechnung ist Geschenk
genug. Mein Bruder freut sich über das Keulenfahrzeug
und die Figuren, die wir noch kurz vor meinem Abflug
besorgt hatten und doch habe ich das Gefühl, er wächst
langsam aus dieser Fantasiewelt heraus, streift sich das
echte Leben über, mit all seinem Druck und Niederlagen,
aber auch mit seinem fühlbaren Glanz. Ma blieb
gelassen, sie hat es wohl geahnt, dass ich zu dir ziehe.
Den Aufwand kannst du dir nicht vorstellen,
die Formulare, die Ämter, die Fragen, die ständige Sorge,
etwas vergessen zu haben, etwas nicht zu haben,
unvollständig zu sein, an allen Enden. Ich sortiere aus,
merke, wie viel doch zu viel ist. 2 gefüllte Koffer mit
Bäuchen, eine alte Harfe und ich und der Anfang von
Wurzelschmerzen, die irgendwann in ein Gefühl von

Heimat münden. Noch ist es ein leichter Abschied, denn nichts scheint endgültig.

Du holst mich vom Flughafen ab. Ich sah dich noch nie in einem Pullover, deine Haare sind noch kürzer. Ich mag es, dir über den Nacken zu streichen, während du deinen Kopf neigst und die Augen schließt, wie gerne hätte ich ihn geküsst, aber da waren zu viele Menschen, unsere Küsse mussten warten, bis wir im Auto saßen. „Endlich bist du da. Es gibt so viel zu erzählen, was nicht in Telefonate und Briefe passte. Endlich hat sich ein Käufer für das Hotel gefunden, dreimal darfst du raten…ja ich weiß, was soll ich machen, den Preis wollte nur der Löwe zahlen, ich glaube er tat es aus Mitleid? Kann er Mitleid? Vielleicht um sein Gewissen zu erleichtern, dass sein Sohn Schuld am Tod meines Bruders hat, zahlte er den vollen Preis, ohne zu handeln. Mir ist es egal, wer es hat, was damit geschieht, ich hätte nicht mehr darin arbeiten können. Wir sind gerade am Ausräumen, du kommst also gerade richtig. Gefällt's dir? Es fühlt sich so großartig an, ich frage mich, warum ich all die Jahre überhaupt lange Haare getragen hatte. Kannst dir ja vorstellen wie die Leute reden…soll ich dir was sagen, über meine Haare sorgen sie sich mehr, als über meinen und Carols Zustand, wären sie nicht schon so kurz, ich würde sie noch kürzer schneiden lassen." Ich streiche dir noch mal über den rasierten Nacken und du machst dabei ein Schnurrgeräusch. „Carol arbeitet nach der Schule jetzt bei Lenny. Der ist froh über die Hilfe, aber die Buchhaltung muss er sich jetzt trotzdem aneignen. Nein ein Paar sind sie noch nicht, dafür sind beide wohl zu schüchtern, oder sie verbergen es so gut, dass ich es nicht weiß, aber Geheimnisse, liegen ja in unserer Familie. Weihnachten war mein Dad hier, mit zig Geschenken. Ich hab dich ja gleich angerufen, was ich tun soll. Ich glaube, es war ok, dass er die Nacht blieb. Im Nachhinein ärgere ich mich, denn welche Chance ließ er uns? Einen, verfrorenen Hippie an Weihnachten vor die Tür setzen? Ich war echt wütend. Er war mit uns an Kirks Grab, da hab ich meinen Dad zum ersten Mal heulen sehen, also so richtig. Es hat ihn richtig geschüttelt. Meine Mum war da gefasster. Ja die Scheidung läuft noch. Ich hab sie seit der Beerdigung nicht mehr gesehen. Sie hat noch ein- zwei Mal mit Carol telefoniert, auch an Weihnachten. Ich glaube sie ahnte, dass mein Dad zugegen war. Dann schlief der Kontakt auch wieder ein. Aber so ist sie und so ist mein Dad. Nein, sie wissen nichts vom Verkauf des Hotels. Es wird ein Hotel bleiben, er wird es neu einrichten, aber nicht umbenennen, das war Teil des Vertrages."

Du parkst an deinem Elternhaus. Ein Vogel singt, ich kenne seinen Namen nicht, aber er ist mir nah. Carol ist schon zu Hause, öffnet uns und umarmt mich. Sie wirkt erwachsener, was wahrscheinlich auch an der Schminke liegt, die, wie so oft bei jungen Mädchen, viel zu dick aufgetragen ist. „Ich muss auch schon wieder los, Lenny wartet, bis später. Schön dass du jetzt da bist! Ach ja, Essen steht am Herd."

Das Haus riecht nach Curry. Ich hatte es dunkler in
Erinnerung. „Ich spielte lang mit dem Gedanken in
Kirks Zimmer zu ziehen, aber ich kann es nicht.
Wir haben noch nicht mal angefangen, es auszuräumen,
es ist noch zu früh, es ist wohl immer zu früh. Es dient
im Moment als Lagerraum für all die Dinge aus dem
Hotel, die wir noch, für was auch immer benötigen.
Eines hab ich dir noch nicht erzählt. Magst du dich
setzen? Nein es ist nichts Schlimmes, wahrscheinlich
hast du es schon geahnt. Ich werde Polizistin.“
Ich muss schmunzeln. „Das ist kein Scherz. Ich bin jetzt
bei Leo und Nat in der Ausbildung. Es fühlt sich so
richtig an, du glaubst nicht, wie schwer dies alles hier
wiegt, doch das gibt mir wieder etwas Leichtigkeit
zurück.“ Seit langem sehe ich dich wieder lächeln,
es ist ein anderes Lächeln, als nach einem Kuss.
Dein Alltagslächeln, das verschwunden war und es zeigt
mir, dass dein eingeschlagener Weg richtig ist und
Heilung bringt. Die Sorge, dass dir etwas passieren
könnte, liegt jetzt bei mir, ist jetzt größer aber nie größer
als die Liebe, die ich für dich empfinde, die jetzt über
Monate Blüte wurde. Herbstwinterblüte.

Über uns ein Mond,
der keiner ist,
eine Sonne die sich nachts,
um uns sorgt.
Die Blüte duftet nach ersten Malen,
jede Blüte, die fällt, werde ich sammeln
und zu einem Hochzeitskranze binden,
der eines Tages, dein Haupt bedeckt.

Kapitel 2 – Der Entscheidung ist

Es ist noch zu früh für Schlaf. Wir fahren ins Hotel,
das mit geschlossenen Augen auf mich blickte.
Ich sehe sie noch sitzen, Nat und Vince und deinen
Bruder. Ich vermisse den Duft der aus der Küche drang,
jeden Tag anders, jeden Tag so, dass ich mich auf das
Essen freute, das so ganz anders schmeckte als Zuhause.
„Woo und seine Schwester sind jetzt unten bei Eagle,
im Souvenirshop, aushilfsweise, Betty und Thomas
erweitern ihr Angebot, ein kleiner Vorsprung, bis der
Löwe sein Hotel eröffnet und dann das Doppelte
verlangt. Auch das werden die Leute zahlen, wer sich
das Hotel leisten kann, kann sich auch die Küche dort
leisten. Vorsicht, stolper nicht. Die Kisten müssen alle
noch mit, die im Esszimmer, sind Müll, also falls du
noch was findest, was du brauchen kannst, greif zu.
Aber übertreib nicht, wir haben drüben nicht unbegrenzt
Platz." Du küsst mich, deine Lippen sind noch
ungewohnt, das halbe Jahr schmeckt man noch.
Ich mache Licht. All die schönen Momente die mich mit
diesem Ort verbinden, gingen mit Kirk.
Die Entscheidung, das Hotel mit ihm zu begraben,
ist die Richtige und vielleicht auch der entscheidende
Grund, diese Sackgasse endlich zu verlassen und ins
eigene Leben zu wenden. Ich bewundere deinen Mut,
aber ich sage es dir nicht, weil du es nicht als Mut
sondern als unüberwindbare Konsequenz bezeichnen
würdest. Im Speisesaal türmen sich die Kartons zu
Wänden. Tüten wirken wie Wolken die von Pappzinnen

umschlossen sind, gefangen für einen letzten Regen.
Noch ist da ein Hunger auf Abschied, der die
Wolkenfelder anschwellen lässt. Was soll ich hier noch
benötigen, ich habe kaum Bezug zu den Dingen die in
den Kisten ruhen, deshalb öffne ich keine Einzige.
Doch dort, wo die Mauern nicht fugenlos schließen,
entdecke ich doch etwas. Das Bild aus dem Zimmer.
Meinem Zimmer. Unserem Zimmer. „Das willst du?
Echt jetzt? Ich finde das Ding unheimlich. Von mir aus.
Aber in unser Zimmer kommt es nicht! Sonst hast du
nichts gefunden? Du bist eine genügsame
Mitbewohnerin, das gefällt mir. Kannst du mir helfen?
Die Nachtkästchen schaff ich nicht alleine."
Ich spüre wie meine Kräfte schwinden. Ich wäre dir so
gerne eine bessere Hilfe. Morgen ganz bestimmt.
Du merkst es und entschuldigst dich. „Sorry ich bin so
im Arbeitsmodus und bemerke gar nicht, dass du heute
schon die halbe Welt umrundet hast. Ich hab nur das
Wochenende, Montag geht die Ausbildung weiter und
da wollte ich…ach, es war blöd. Komm, lass uns nach
Hause fahren."
Ich stelle das Bild neben die Harfe. Ich mag es.
Vielleicht weil es mich so sehr an meine Heimat erinnert
und an jene Wälder, die mir stets Zuflucht waren,
wenn ich in der Musik keine Sprache mehr fand und
doch noch so viel sagen wollte. Dann sprachen die
Bäume für mich, ließen mir das Schweigen, die Stille.
Ein guter Tausch. Ich denke an Eagle. „Morgen.
Heute, nur noch du und ich."

Ein Sonntag,
der Entscheidung ist,
vielleicht die Schönste,
weil sie Stille bringt,
die sich aufbraucht,
doch stets Reste hinterlässt,
die traurig stimmen,
weil ich nie das Ganze sah.

Es ist schön dich zu spüren. „Es ist das Bett meiner
Eltern, keine Angst, die Matratzen sind neu. So ist genug
Platz für uns zwei, ohne dass beim Umdrehen jemand
den Boden küsst." Dein Fenster hat keine Vorhänge,
der Nachthimmel starrt auf uns und beobachtet was wir
tun. Es ist nicht mehr viel. Meine Kräfte wurden an den
Tag verteilt und kamen nicht mehr zurück. Wir liegen
Stirn an Stirn, ich genieße es deinen Nacken zu
streicheln, du erinnerst mich an die junge Katharine
Hepburn in Sylvia Scarlett, Natassja Kinski ist
verschwunden. Du lächelst, machst wieder das
Schnurrgeräusch, das mich für einen Moment meine
Katze in meiner Heimat vermissen lässt. Du verstummst
und ich folge dir in einen Traum, der keinen Anfang
kennt. Gestalten mit schwarz bemalten Gesichtern und
seltsamen Gebilden auf dem Kopf, tanzen und es
beginnt zu regnen. Der Regen wäscht ihnen die
Gesichter, sie haben keine Münder, an ihrer Stelle sind
rote Wörter geschrieben, ich kann sie nicht lesen,
der Regen wird stärker, sie beugen die Köpfe und die
Gebilde darauf berühren sich, haken sich ineinander und

sie drehen sich im Kreis, immer schneller, es erinnert mich an Hirsche mit Geweihen, die um ihre Stellung ringen. Dann ist dort ein Wald und ich streichle einem weißen Hirsch, seine weiche Schnauze, auf seinem Geweih sind Saiten gespannt, ich beginne darauf zu spielen, jetzt erst bemerke ich die schwarze Katze auf dem Rücken des Hirschs, sie schnurrt…"Was sagst du?" Ich weiß nicht was du meinst… „Du hast gerade irgendwas gesagt, wahrscheinlich hast du nur geträumt. Ich hab von dir geträumt…" Du flüsterst mir deinen Traum ins Ohr. Ich schmunzele und die Vorstellung gefällt mir, ich küsse dich, wir halten uns, bis wir wieder Schlaf sind.

Kapitel 3 - Nicht die Unsere

Es ist Sonntag. Die Kirchenglocken ziehen mich aus dem Schlaf. Du bist kaum zu finden, ruhst noch ganz in deinem Kokon aus Anderswelt und Stille. Ich schleiche ins Badezimmer. Meine Sachen sind noch nicht ausgepackt, die Wenigen, die es gestern noch schafften, stelle ich neben Deine. Es ist das erste Mal, dass ich mit jemand anderen zusammenwohne. Meine Familie ausgenommen. Carols Ablage ist mit den meisten Dingen gefüllt. Deine trägt nur das Nötigste und lässt mir Platz für jene Dinge, die du noch nicht von mir kennst und mir beinahe unangenehm erscheinen.
Es ist wohl der Platz, den Kirk bis vor kurzem noch einnahm. „Oh entschuldige, ich wusste nicht dass du gerade…, brauchst du noch lange…ich muss gleich zu Lenny, wir schauen uns eine Sammlung an, Platten, was sonst…Der Besitzer ist vor kurzem verstorben… die Dreiecke? Ab- und an, tauchen noch welche auf. Aber sie machen keine Angst mehr, sie gehören jetzt irgendwie dazu, auch wenn niemand weiß woher sie kommen. Gustav kann's ja nicht sein, der sitzt jetzt in der Klapse, Entschuldigung, Psychiatrie und labert seltsame Sachen, manche glauben, er tut das nur um einer Verurteilung zu entgehen. Nicht zurechnungsfähig. Ganz toll. Eine Verhandlung war noch nicht, auch wenn die Beweislage eindeutig ist. Ich verstehe das nicht, vielleicht kann Kristin jetzt da mal ein bisschen aufräumen. Hast schon gehört, oder? Sie und Polizistin, alles klar. Vor zwei Jahren noch in einer Punkband und

macht jetzt einen auf gesetzestreu. Naja, solange sie mich in Ruhe lässt, soll's mir Recht sein. Lenny? Was soll mit ihm sein? Ach so meinst du, ja der knabbert immer noch, ist ja klar, das tun wir ja auch. Aber es ist gut jemanden zu kennen, mit dem man zusammen knabbern kann, irgendwann ist dann vielleicht etwas Trauer aufgebraucht, vielleicht schneller, als wenn man die ganze Portion alleine verdrücken muss. Kann ich schnell? Es dauert nicht lange…" Zeit und Zeitspannen sind bei jungen Mädchen relativ, ich kenne das von mir.

Ich gehe in die Küche und setze Wasser für den Tee auf. Als das Wasser kocht, kam mit dem Pfiff der Teekanne auch Carol, greift eine trockene Scheibe Toast und verlässt das Haus. Auf dem Tisch liegt eine Zeitung. Ein Artikel über das Bauvorhaben am Teich ziert den Lokalteil. Der Ort ist ernsthaft kontaminiert, dass der Antrag vorerst abgelehnt und der Ort erstmal zum Sperrgebiet ernannt wurde. Um welche Substanz es sich genau handelt, wird nicht gesagt, man vermutet eine Quecksilberquelle unterhalb des Teiches.

Eine Betonplatte soll erst mal für optische Ruhe und für Sicherheit sorgen. Darüber ist ein Foto von Mr. Meyer und Leo, wie sie vor einer Absperrung stehen.

Mr. Meyer wirkt ziemlich klein, neben Leo. Ich fange schon mal mit dem Frühstück an, bin noch unsicher, was ich nehmen darf, was nicht. Aber der Hunger ist groß, wir vergaßen abends zu essen, Müdigkeit sättigt. Es ist schon weit nach 11 als du ins Badezimmer gehst. Inzwischen habe ich das Kreuzworträtsel in der Zeitung bis auf ein paar Fragen gelöst. Nordamerikanischer

Hirsch mit 6 Buchstaben. „Wapiti."

Nachdem du dein Frühstück, was eigentlich ein Mittagessen ist, in binnen Minuten mit einer riesigen Tasse Kaffee runtergespült hast, spazieren wir zu Eagle. Er isst gerade auf seiner Veranda. „Bei den Wheelers speiste man wie auf dem Olymp, dieser Woo, kocht ganz hervorragend. Yasmeen, schön dich zu sehen. Willkommen in deinem zukünftigen Leben.

Bone kommst du? Yasmeen ist da!" T-Bone humpelt aus Eagles Wohnung. „Geht schon, Yasmeen, eine Freude dich zu sehen, so ein Mist, ja. In Zukunft nehm' ich das Treppenhaus, bin auf der Feuerleiter ausgerutscht."

„Wer steigt im Winter auf die vereiste Leiter? Mein Sohn. So was muss ja bestraft werden."

„Entschuldige, die Katze hatte Hunger und meine Nachbarin bekam ihr Fenster nicht auf, ich wollte nur helfen." „Das hast du jetzt von deiner Nächstenliebe. Du hättest dir das Genick brechen können! Ein verstauchter Knöchel, ist da wirklich das Billigste, was du dir einfangen konntest. Ihr habt die Katze verwöhnt, so sieht es aus, kein Wunder, dass die im Winter aufgeschmissen ist, die hat durch euer Gehätschel das Jagen verlernt." „Kristin wir müssen nachher noch sprechen, unter 4 Augen. Und morgen, Yasmeen, geht's bei dir los. Ich fahr mit dir dann zum Rathaus. Die Formalitäten, du weißt, da braucht es Unterschriften, viele Unterschriften und deinen Ausweis. Übrigens Leo, hat deinen Alten gefunden. Er lag im Auto von dem Meyer Sohn. Jetzt hast du zwei. Nein, ich hab Leo schon länger nicht mehr gesehen, ich glaube der Fall ist vorerst abgeschlossen, zumindest für die Polizei, oder Kristin? Ich glaube du kannst da mehr darüber sagen." „Nicht auf meiner Veranda und nicht während ich esse. Besprecht das woanders, oder wollt ihr mir den Appetit verderben?" „Kommt, wir gehen aufs Gelände, soll sich Vater Murr, erst mal ausgrummeln." „Es ist wegen mir, oder?" „Da fragst du noch, Kristin? Dass ihr das Hotel abgestoßen habt, versteht jeder, aber an den Löwen, ausgerechnet an ihn. Das hat Eagle sehr getroffen. Ich wünschte, ich könne dir sagen, nimm es nicht persönlich, aber du kennst Dad, er ist nachtragend und stur. Das wird noch etwas Zeit benötigen. Ich kann dich verstehen, wahrscheinlich hat er gut gezahlt und es ging schnell, ohne viel Maklertamtam über die Bühne. Beim Vergessen hilft Konsequenz. Er nimmt es persönlich, versuch bitte, dass du es nicht persönlich nimmst. Der Groll gilt eigentlich dem Löwen. Lass ihn murren, solange er murrt, geht es ihm gut."

Ich weiß nicht, was du noch mit T-Bone besprochen hast, ein Geheimnis, sagst du und lächelst ebenso geheimnisvoll. Ich spüre den Flug noch in den Beinen, bin aber froh über etwas Auslauf. Du schlägst vor, am Abend mit mir ins Kino zu gehen. Als Begrüßungsgeschenk. „Den Film darfst du auswählen." Crossroads.

In einer Welt,
die nicht die Unsere,
ein Moment,
den wir teilen,
lass uns voneinander kosten,
ehe wir wieder Fremde,
oberhalb unserer Schatten.

Kapitel 4 - Ihn in unser Leben zu lassen

Nach dem Film habe ich Lust, zur Harfe zu greifen,
du wirkst eher gelangweilt. „War ganz ok, aber der
Sound war weniger meins. Klar, wenn du noch ein
wenig musizieren möchtest... Ich geh schon mal ins Bett
und les noch ein bisschen, muss ja morgen früh raus.
Hätte nicht gedacht, dass es Leo mit der Pünktlichkeit so
genau nimmt. Da ist Eagle wahrscheinlich etwas
flexibler. Wann musst du eigentlich anfangen?"
Ich habe keine Ahnung, wir hatten keine Zeit
besprochen, eine leichte Unruhe macht sich jetzt breit
und ich stelle die Harfe zurück. Lege mich zu dir,
du liest in einem Buch über Polizeiarbeit. Du kraulst
mein Haar, während ich immer weiter dem Hier
entgleite. Eine Wolke verdunkelt den Horizont,
feiner Regen fällt, ich blicke mit dir nach oben.
Der Regen ist heiß, dort wo er auftrifft: kleine Funken,
kleine Löcher. Der Hirsch drängt sich zwischen uns,
ich streichle seine warme Stirn. Sehe, dass sein Geweih
brennt, wir setzen uns auf ihn und treiben ihn an,
die Flammen des Geweihs, greifen unser Haar,
meines brennt, deines brennt, wir fühlen weder Schmerz
noch Hitze. Die reißenden Saiten in seinem Geweih,
peitschen in mein Gesicht, das ist der einzige Schmerz
den ich verspüre.
Als ich aufwache, bist du schon verschwunden.
Deine Seite ist noch warm. Das Fenster trägt schon
Sonnenlicht, rahmt ein Bild aus grellem Grün.
Es ist halb 9. Ich gehe nach unten, Tasse, Teller und ein

Zettel für mich. – Hab einen schönen ersten
Arbeitstag, bis heute Abend, Kuss und ein Stern für
uns! – Ein Schlüsselanhänger mit dem Haustürschlüssel,
gehalten von einem breiten Streifen Tesafilm, der auch
deine Fingerabdrücke einbehielt. Ich spüre eine Fremde,
von einem viel zu schnellen Alltag, der sich zwischen
uns drängt. Carol ist in der Schule, du bei Leo, ich bei
T-Bone und Eagle. Was uns bleibt, wird das sein,
was uns ausmacht. Ich rufe bei meiner Ma an,
niemand geht ran, nur der Anrufbeantworter.
Sie hat sich extra einen gekauft, um irgendwie für mich
da zu sein, wenn sie gerade nicht da ist.
Ich spreche Worte von Vermissen. Ehe sie mich
auffressen, gehe ich zu Eagle.
„Du bist spät. T-Bone wartet schon seit einer Stunde.
Die ersten Besucher kommen in einer Halben. Da es dein
erster Tag ist...du musst dich um die Fragen kümmern.
Ich kümmere mich um die Antworten. Trotzdem,
es ist schön, dass du da bist. Du hast noch nichts
unterschrieben, noch hast du Zeit, dir all das anzusehen.
Das Museum, die Menschen, die Stadt, das Land,
dann entscheide. Wir sind nicht Europa, Gott bewahre.
Nein ich war noch nicht dort, die sind ja alle hier und
bringen mit, was ihnen wichtig ist und das gefällt mir
nicht, außer Shakespeare, Bach und Rembrandt.
Mehr brauche ich aus Übersee nicht mehr. Bone,
hier ist sie, ja ihr habt keine Zeit ausgemacht, was soll ich
sagen. Macht euch auf den Weg, ehe das Rathaus wieder
seine Pforten zur Mittagspause schließt, davor sind sie
launisch und nachher auch. Vielleicht hatte der Beamte

ein gutes Wochenende, dann habt ihr Glück."
Wir haben Glück. Der Beamte hatte die Unterlagen
schon vorbereitet, meiner Ma, sei Dank und wir kamen
fast zeitgleich mit dem ersten Reisebus zurück.
Es sind Touristen aus Europa und Japan. Jeder hat eine
Kamera um den Hals baumeln, zwei Dolmetscher teilen
die Gruppe in ihre 2 großen Landessprachen. Eine geht
mit T-Bone, eine mit Eagle. Ich spiele heute Hündchen.
Laufe an Eagles Seite und höre mir die Geschichte des
Reservats wahrscheinlich schon zum 20sten Mal an und
das 20te Mal berührt mich wie das erste Mal.
Etwas rüttelt tief in mir, möchte mitreden, möchte Träne
sein. Ich schreibe mit, merke mir den Rundweg und die
Stationen, zu denen es etwas zu sagen gibt. Eagle verliert
nicht viele Worte, es genügt, dass die Touristen einen
Überlebenden sehen, dies spricht mehr als alle Worte,
mit dem kann ich nicht dienen, ich muss die
Bedeutungslosigkeit meiner Person mit ungelebten
Sätzen füllen. T-Bone ist gesprächiger, nimmt sich viel
Zeit für die Fragen und lässt es sich nicht nehmen,
manche auch mit seinem leisen Humor zu beantworten.
Eagle schließt jeden Humor aus, er hat hier nichts zu
suchen und es macht ihn wütend, wenn er manche
Touristen auf die Besonderheit dieses Ortes
hinweisen muss, weil sie es mit den Realitäten des
Universal Film Studios verwechseln und sich
scherzend über das Gelände schieben. In den Pausen
können wir kostenfrei bei Woo speisen, was nicht nur
mich freut. Eagle genießt die neuen Farben im Speise-
plan und T-Bone fasst nicht nur einmal nach.

Feierabend ist, wenn der letzte Bus fährt. Wir haben
einen Plan mit den Anmeldungen, danach richten wir
unsere Arbeitszeiten. Die spontanen Gäste können diese
natürlich verzerren. Morgen würde wie heute sein, nur
dass ich mit T-Bone gehe. „Bevor du gehst.., ich hab noch
etwas für dich, es ist quasi dein Begrüßungsgeschenk."
T-Bone öffnet die Beifahrertür seines Wagens und zieht
etwas hervor, was er mittels eines weißen Lakens zu
verbergen versucht, doch als er an die Tür stößt,
beschwert sich die Verhüllte mit mir vertrauten Klängen.
„Jetzt hat sie sich verraten...Willkommen, Yasmeen,
die ist von Kristin und mir und Eagle bestimmt auch,
stimmt doch, oder?" Eagle hebt seinen Arm und kehrt
weiter die Holzstufen des Souvenirshops. „Kristin bat
mich schon im letzten Jahr um sie...jetzt darf sie zu dir.
Gib auf sie Acht. Lass sie dir nicht stehlen. Denn dann
spielt der Dieb mit seinem Leben, das verspreche ich dir!
Hast du inzwischen in die Platte gehört?
Immer noch nicht? Aber du hast sie dabei. Das ist gut.
Sehr gut. Anhören!" Er umarmt mich und gratuliert mir
zum Überleben des ersten Arbeitstages. Er fragt,
ob er mich hinauffahren solle, aufgrund des Geschenks,
schlag ich das Angebot nicht aus. Als wir ankommen,
werde ich blass und zittrig. Ein Polizeiwagen steht vor
der Tür. „Soll ich mit rein?" Ich bin froh, dass mich
T-Bone begleitet. Die Tür ist angelehnt, als ich eintrete
geht das Licht an. „Überraschung!"

Du kommst zu mir und umarmst mich. Nathalie, Leo,
Carol und Lenny lachen und tun es ihr gleich.

„Willkommen in deinem neuen Zuhause, in der neuen Stadt, in der neuen Welt." „Die Überraschung ist gelungen und Bone hat nichts gesagt? Ja klar, war er eingeweiht! Also die Harfe ist von uns, möge sie dir in einsamen Momenten und die wird es bestimmt geben, Trost sein." Jeder der Gäste hat tatsächlich noch eine Kleinigkeit mitgebracht und auf dem Tisch mit den 3 riesigen Pizzen abgestellt. „Und jetzt, zugreifen, bevor die Wagenräder in die Kälte rollen."

Ihn in unser Leben zu lassen,
einen Moment nur,
damit er ändert,
was sich als Wunde tarnte,
den Kuss auszusprechen,
ehe er Wort
und sich in Missverständnisse redet.

Zum ersten Mal spüre ich dich auf mir.
Mein Brustkorb stößt an Deinen, diese Grenze ist keine
die man überwinden möchte, die ein Territorium
absteckt, sie zeichnet mich nach, in feinen Linien,
die Gefahr, mich in mir zu verlieren, ist gebannt.
Endlich ist da ein Rahmen, ein Widerstand.
Wir warten auf das Ganze, nicht weil sich das Warten so
gut anfühlt, es widerspricht unserer Ungeduld,
die Sinne, die es suchen, sind überfordert in dem was sie
entdecken, sammeln, stammeln, lassen, sammeln,
lassen, nur so viel wie wir tragen können. Es ist viel.
Die Nacht zu kurz, um das Gesammelte auszubreiten.

Der Wecker ist selten einer, der ein Lächeln bringt,
er bringt Vermissen und die Länge eines Tages,
die es zu überwinden gilt.
In Vorfreude.

Kapitel 5 - Auch bei geschlossenem Fenster

Ich stehe mit dir auf. Wir vergessen für einen Moment,
dass da noch jemand ist, Carol besetzt schon das Bad.
Ich küsse deinen Nacken, du schnurrst, Katzenmomente.
Da entdecke ich eines dieser Dreiecke in deinem Haar.
„Zeig mal. Wie kommt denn das dort hin? Vielleicht
von meiner Uniform. Die Dinger waren ja überall, der
Wind hat vielleicht noch irgendwo eines gefunden und
es mir wie bei einem Streber auf den Rücken geheftet.
Bin ja froh, dass kein Schimpfwort drauf steht. Erst mal
duschen, vielleicht haben sich noch mehr versteckt.
Kommst du mit?" Auch in meinem Haar hat sich eines
eingenistet, nicht so offensichtlich wie in deinem kurzen
Haar, das keinen Raum für Verstecke lässt. Wir suchen
uns ab, wie nach einem Waldausflug, betäubte Stellen,
Zeckenknöpfe. Das Gefühl von Nacktheit ist
verschwunden. Der heiße Regen wirft sich zwischen
uns, färbt unsere Körper rot, zieht mir meine Haare bis
auf die Taille und deine Lippen auf meine Schultern.
Heute darf es kein zu spät werden. Dies ist ein Moment
für Sonntage, wo man nichts zähmt, Stille füllt mit
Schöpfung, die nicht ruht, niemals ruht.
Die Zeitung berichtet von Maßlosigkeiten, ich blättere
zum Kulturteil, reiche dir den Rest. „Ah, ja da waren wir
gestern, schau mal. Ein Einbruch, dort durfte ich zum
ersten Mal Zeugen befragen, warte ich schneid mir das
mal aus, keine Angst, ich baue daraus keinen Altar,
aber die ersten Male, möchte ich irgendwie
konservieren." Du küsst mich.

Eine Stunde früher als gestern, doch Eagle schläft noch. Auch T-Bone kommt spät. „Entschuldige, die Katze ist verschwunden. Du weißt schon, die kleine Schwarze, die der Dame unter mir eine Beschäftigung beschert. Ich half suchen, keine Spur. Aber das gibt es hier immer wieder, dass Tiere verschwinden, ich meine, da ist der Highway, nicht selten liegen dort Tiere am Straßenrand, welche die wenigen Meter nach drüben, nicht schaffen. Wer weiß, was sie den ganzen Tag so treibt, wir sehen sie ja meist nur zu den Futterzeiten, aber da ist sie pünktlich. So viele Worte über so eine kleine Geschichte, die sich selbst regeln wird. Eagle schläft noch? Das ist eher ungewöhnlich. Warst du drin? Woher weißt du, dass er schläft? Weil er nicht öffnet? Oh, da gibt es tausend andere Gründe, Schlaf steht da wohl an letzter Stelle." Die Tür ist abgeschlossen, T-Bone öffnet sie mit seinem Schlüssel. „Dad, bist du da? Dad?" Eagle sitzt auf seinem Bett. Ich sehe ihn zum ersten Mal mit offenem Haar, dadurch wirkt er unheimlich, ein silbernes Gebüsch rahmt ein müdes Gesicht. „Junge, was machst du denn da? Ist es schon Zeit? Ich habe geträumt. Nichts was ich jetzt erzählen möchte, ich muss darüber nachdenken. Yasmeen ist auch da. Schick sie hinaus. Ich möchte nicht, dass sie mich hier sieht." Es riecht nach Schweiß und mehrfach geatmeter Luft. Ich gehe vor die Tür, Woo steht gerade draußen und raucht eine Zigarette. „Hey, na schon eingelebt? Ich? Ach was soll ich sagen. Es sind traurige Zeiten, Veränderungen treffen jeden, man muss sich anpassen oder dagegen kämpfen, ich entscheide mich für Ersteres. Ich habe lange genug gekämpft. Das ist ok. Meine Schwester wird wohl bei meinem Onkel in der Mall anfangen. Hier, in dieser naja Behilfsküche, stehen wir uns nur auf den Füßen und du weißt ja, Geschwister sind Geschwister. Meyer? Glaubst du im Ernst, dass er das Hotel weiterführt? Der denkt größer. Der möchte die Stadt, so viel davon wie möglich, ein Hotel ist so vielen Eventualitäten unterworfen, das kostet Zeit und Geld. Der geht auf Nummer sicher. Schau mal, hab ich vorhin in meiner Pfanne gefunden, ich dachte das Zeug wäre mit der Verhaftung des Meyer Jungen verschwunden." Er greift in seine Brusttasche und reicht mir ein schwarzes Dreieck. „Ah, du hast schon, dann behalt ich's mal, vielleicht wird das die neue Währung der Stadt und der Löwe bringt sie schon mal unter die Leute."

„Los geht's. Du gehst heute mit Bone. Nimm dir was zu schreiben mit. Der Bus müsste gleich kommen."

Und er kommt. Bringt eine Schulklasse. Die tüchtige Klassensprecherin stellt alle Fragen, der Junge mit der Brille neben ihr, schreibt, so wie ich, alles fleißig mit. Der Rest tobt über das Reservat oder knipst sich mit Häuptling, Pose und Grimasse. Der Lehrer versucht zu beschwichtigen, wegzugrinsen, was nicht wegzugrinsen ist und spricht die Drohung aus: dies wäre das letzte Mal einer Klassenfahrt. Die Kinder ignorieren ihn, wahrscheinlich hat er dies schon zu oft ausgesprochen. Erst die Ankündigung auf ein Mittag-essen in dem Diner, zügelt die Bande. T-Bone lobt die beiden Streber, überreichte ihnen noch etwas

Lesematerial und Sticker mit dem Häuptling darauf und atmet erleichtert auf, als der Bus wieder von dem Gelände rollt.

Eagle hat uns beobachtet, sagt nichts, starrt in den Himmel, der Wolken zerpflückt, um das Blau zu lassen, das ihn heute so schwerelos macht.

Es bleibt bei einem Bus, einige wenige, die der Zufall zu uns führt, wollen keine Führung, nur ein unverbindliches Gespräch, welches Eagle übernimmt.

T-Bone setzt sich auf Eagles Stuhl und streckt seinen Fuß auf die Brüstung der Veranda. „Die Tiere benehmen sich komisch, auch der Adler, ja, aber das hat seine Gründe. Dad träumt viel, selten erschrecken sie ihn so sehr, wie heute Nacht. Er hat ihn mir erzählt, ich versprach ihm, es niemanden zu erzählen. Ich weiß nicht was ich davon halten soll, ich konnte nichts Besonderes daran finden, es ist wohl das Gefühl, welches die Bilder transportierten. Und das kann man nicht vermitteln. Geh nach Hause. Ruh dich aus, morgen kommen zwei Busse. Zum Glück keine Schulklassen, aber die immer selben Fragen nagen ebenso am Nervenkostüm. Manche, sind so aufgesetzt interessiert, verstehst du, sie wollen nur ihre wohl formulierte Frage stellen, damit man kurz staunt, oh, da hat sich jemand Gedanken gemacht, aber die Antwort interessiert sie nicht. Die interessanten Fragen, kommen später, kurz vor der Abfahrt unter 4 Augen, das ist immer so."

Auch bei geschlossenem Fenster,
fällt Dunkelheit ins Zimmer,
ich versuche sie mit künstlichem Licht,
sie verneint,
stülpt etwas darüber,
was Helligkeit bringt, aber keine Wärme.
Du möchtest wissen, was ich denke,
ich bin nichts Ernsthaftes mehr,
wenn ich antworte,
auch bei geschlossenem Fenster,
das mir nicht vergibt,
nur weil es stiller wird.

Kapitel 6 - Stets das Überschreiten einer Grenze

Es klingelt an der Tür. „Ihr habt mich wohl vergessen. Lloyd Wizzkey von Dragonfly-Records. Du bist die Schwester? Ah du bist Yasmeen. Dann lern ich endlich mal den kreativen Kopf kennen, angenehm. Bei euch ist ja was los. Ich war vorhin schon am Hotel, man hat mich dann hier her verwiesen, gehört das nicht mehr zu euch? Die montieren gerade die Beschriftung ab. Hab deiner Kollegin, wie heißt sie noch, Kristin, genau, schon einen Vertrag zur Unterzeichnung dagelassen, kam keine Antwort. Ich dachte mir, kann ja nicht sein, dass man so ein Angebot sausen lässt. Ich les ja kaum Zeitung, aber mein Boss meinte, hey in der Stadt geht's gerade drunter und drüber, Wilder Westen und so, hak doch mal nach, haben sie sicher vergessen und da bin ich. Wollen wir das machen? Ja? Perfekt. Können wir uns irgendwo setzen? Und hast du vielleicht was zu trinken? Hauptsache flüssig, die Fahrt war doch eine staubige Angelegenheit.“

„Warum grinst du so? Hast du Trinkgeld bekommen? Oder schon eine erste Telefonnummer? Jetzt sag schon, mach's nicht so spannend. Oh Gott. Den hatte ich ja völlig…Das wäre deine Karriere gewesen, die ich einfach so…es tut mir leid, wirklich…“ Deine Tränen kommen plötzlich, ich bin dir nicht böse. Ich weiß doch, was alles war, die Musik haben wir beide vergessen. Ich hab ihn mir nach der ganzen Sache, nicht einmal angehört. Nicht ein einziges Mal. Als meine Ma ihn hören wollte, ging ich aus dem Zimmer. Er trägt schwer. Zwei Tote folgen dem Song nun überall hin. Mr. Wizzkey, meinst du, der heißt wirklich so, möchte ein Album. Vorab aber die Single noch mal neu veröffentlichen mit zwei zusätzlichen Songs. „Das heißt, wir müssen Songs schreiben. Fragt sich nur wann…" Ich frage dich nach dem Hotel. Der Gedanke schießt mir gerade durch den Kopf. „Wie, die montieren „Wheelers" ab? Ok. Ich muss da noch mal hin. Ist mir gar nicht aufgefallen, als ich da gerade vorbei bin. Bis gleich Schatz." Du küsst mich. Und es ist das erste Mal, dass du mich Schatz nennst. Du bemerkst nicht, wie dieses Wort durch meinen Körper wandert, es den Geschmack von Süße annimmt. Ich habe es so oft gehört, doch nie an mich gerichtet. Jetzt klingt es wertvoll. Du bist schon längst aus der Tür, ich stehe noch dort und wiederhole es mit geschlossenen Lippen. Wieder und immer wieder, ohne davon satt zu werden.

„Er hat es tatsächlich abgehängt, kannst du mir schnell helfen? Das verstößt gegen unsere Abmachung, ich muss mal Leo fragen, wie ich dagegen vorgehen kann. So ein…Mir fällt gerade nichts ein. Ja in Kirks Zimmer. Ganz schön schwer das Schild. Hat ja auch schon ein Jahrhundert auf den Knochen und ein Jahrhundert Staub, ich saug das gleich weg. Das gibt's doch nicht, oder? Hab mich mit den Arbeitern dort unterhalten, es wird ein normales Wohnhaus für zwei Parteien. Die brechen gerade die Fliesen aus dem Essbereich heraus, die sind erst 2 Jahre alt. Ich könnt

gerade…aber gut, es ist Seins. Er kann machen was er
möchte, aber das ist gegen die Abmachung,
die Voraussetzung für den Verkauf war. Kristin,
durchatmen…ist Carol schon da? Ich glaube ja,
dass inzwischen was mit Lenny läuft. Zugeben tut sie
das natürlich nicht. Entspricht ja nicht unbedingt den
Posterboys in ihrem Zimmer und auf dem Schulhof
werden solche Typen von ihr und ihren Freundinnen
nicht mal mit einem Hühnerauge angesehen. Gut, dann
gehen wir halt was essen. Pech gehabt, kleine Schwester.
Den Vertrag müssen wir feiern! Den Abend wird uns
auch der stinkende Atem des Löwen nicht verderben."

Jeden Tag, das Überschreiten einer Grenze,
jeden Tag, ein Schuss, der mich streift,
jeden Tag, das Blau einer Wunde,
das zurück zum Herzen reist.
Schwächt, bis es steht,
Antwort ist, für das Gewesene,
nie perfekt, aber nah an der Liebe.

Du suchst noch nach dem Vertrag, der irgendwo im
Gestern ruht, zwischen einem Stapel Zeitungen liegt er,
zu schwach um sich in die Aufmerksamkeit zu stemmen.
Mit dabei ein Sampler mit all den Bands die jetzt
Nachbarn sind. Ich kenne keine Einzige. Für einen
Moment zweifle ich, ob meine Unterschrift nicht zu
voreilig war, ich kenne nicht mal das Label. Du sagst,
es sei ok, zwei, drei Bands hörbar, wenn auch ganz
anders als wir. Du versuchst dich in Freude, ich spüre,

dass der Löwe noch um deine Gedanken schleicht,
nach mehr, als auf deine Laune, giert, er wird nicht mehr
bekommen. Wir küssen uns. Vergessen die Gäste und
das Personal. Eine Frau tritt an unseren Tisch.
„Entschuldigung. Aber das geht nicht.
Hier sind Kinder. Was sie zuhause machen geht mich
bei Gott nichts an. Aber bitte, verschonen sie damit die
Öffentlichkeit. Guten Appetit noch." Ihr Mann versucht
die starrenden Kinder abzulenken, die sind vielleicht
zwei, drei Jahre jünger als Eli, die Bedienung zieht nur
die Augenbrauen nach oben. Wir essen schneller als
gewollt, lassen Dinge liegen, die gerade noch
schmeckten. Zahlen. Gehen. Noch vor der Familie.
Die untergehende Sonne trägt schon einen schmalen
Gürtel, doch er genügt um den Highway zu entzünden.

Kapitel 7 - Dunkel oder Licht

„Yasmeen, was soll ich sagen. Wer mit dem Löwen dealt,
der wird gefressen. Niemand hier im Ort,
macht Geschäfte mit ihm, aus gutem Grund.
Vielleicht hat es für die Bestätigung dieser Tatsache,
Kristins Aha-Erlebnis benötigt, damit die Leute
wieder aufwachen, sich nicht einlullen lassen von
seinem Gehabe. Er wird lange davon zehren,
bis der Nächste kommt. Vertraut und gefressen wird.
So geht es weiter, immer weiter. Für unser Museum und
das Festival ist es katastrophal. Die Leute bleiben nicht
mehr über Nacht, suchen sich außerhalb
Möglichkeiten, oder bleiben ganz fern. Der Löwe möchte
diese alte Ader ausbluten lassen, das Fleisch ist längst
gefressen. Irgendwann zuschütten und vergessen,
einen Wohnblock draufsetzen wie einen unbeschrifteten
Grabstein, mit einer kleinen Gedenktafel, um es den
Ämtern Recht zu machen, den Wald roden, das goldene
Feld gegen schwarzen Teer tauschen. Yasmeen,
wir werden das nicht verhindern können. Bone auch
nicht. Wir können es nur hinauszögern und beten…"

Die Busse kamen. Ich gehe wieder mit T-Bone, der tapfer
seine Runde humpelt, mir aber immer wieder das Wort
überlässt. Niemals gehen wir in den Wald, obwohl es
nicht verboten ist, wir deuten lediglich zaghaft darauf,
damit dort Stille bleibt, die Leute verstehen.
Knipsen nichtssagende Fotos, ein Holzzaun über den ein
paar Bäume wie neugierige Nachbarn blinzeln.

Die interessanten Fragen kommen am Ende,
ich kann keine davon beantworten, reiche sie an T-Bone,
der die Aufgabe gerne übernimmt.

„Ich glaube das war's erstmal, die wenigen Verstreuten,
die sich jetzt noch hier her verirren, darf Dad
übernehmen. Ablenkung tut ihm heute gut.
Ich brauch dich jetzt an anderer Stelle, die Lebenden
rufen, die Toten sind geduldig. Wir suchen jetzt die
Katze, bevor meine Untermieterin noch wahnsinnig
wird, noch wahnsinniger wird."

Wir fahren im Schritttempo den Highway bis zur Mall
entlang, mit heruntergekurbeltem Fenster und
hinausgestreckten Oberkörper inspizierte ich den
Straßengraben. Jene die uns überholen, haben bestimmt
Mitleid, denken, ich müsste mich übergeben.

Ein Akt dem ich sicher gerne mehrmals nachgegeben
hätte, bei all dem was mir aus dem Graben
entgegenwinkt. Gottlob keine Katze, dafür allerlei
andere, nicht mehr zu identifizierende Kadaver,
von den Größen Haus- bis Wildtier. Manches stinkt,
manches riecht, manches ist schon verstummt.

Immer wieder Erbrochenes, entweder man vertrug die
Angebote des Diners nicht, oder man schaffte Platz
dafür. Keine Katze, auf beiden Seiten nicht. Mir ist übel,
meine Haare stehen in alle Richtungen, ich kann die
Knoten spüren, die der Fahrtwind in sie hineinknüpft.

Mich wundert, dass uns keine Streifenpolizei anhält,
denn unser Vorhaben verstieß sicher gegen irgendeine
Auflage, ich frage dich, später. Zuhause, wenn sich mein
Magen wieder beruhigt hat. „Na, habt ihr sie?

Mr. Bone, ich mache mir Sorgen. Ja schmunzeln sie ruhig. Aber du Mädchen verstehst mich doch, oder? Da muss doch was passiert sein. Man bleibt doch nicht von einem Tag auf den anderen verschwunden. Das tut man doch nicht. Du solltest dich besser um dein Haar kümmern, haben die jungen Menschen keine Spiegel oder keine Kämme mehr? Mädchen kannst du mal zu mir klettern, du bist noch jung, den alten Indianer hab ich die Feuerleiter verboten, sonst bricht er sich noch das Genick, oder noch schlimmer die Hüfte,

meine Schwester…jetzt komm erstmal rauf, sonst muss ich so schreien. Dann reich mir bitte die Schüsselchen, sind ja jetzt schon ein paar Tage alt." Die kleinen Porzellanschüsseln sind mit Hackfleisch gefüllt, welches durch die Hitze nicht nur Fliegen und Maden sondern auch einen ganz furchtbaren Gestank zog. „Schau nicht so genau hin, schön ist das nicht mehr. Schon wieder eins von den Dingern…" Die Frau zieht ein Dreieck aus dem faulen Fleisch, bevor sie es mit einem Löffel in eine Papiertüte schabt. „Halt, ich bin noch nicht fertig. Bitte mit hinunter nehmen und in die Tonne stecken, Mr. Bone weiß in welche, danke! Und bitte findet mir mein Kätzchen, es verhungert doch, ohne mich…"

T-Bone nimmt mir den Beutel ab, an dessen Seitenwänden die letzte Feuchte der Reste versucht, sich zurück ins Freie zu nagen. Er eilt damit zu den Tonnen hinter dem Haus. Das Aufeinanderschlagen von Metall verspricht Sicherheit und das Ende der Aufgabe. Wir gehen in den Keller, der uns mit angenehmer Kühle

begrüßt. Auch dort modert irgendwas, in irgendeinem
Schatten, ich will es nicht wissen, T-Bone greift eine
Taschenlampe, die neben einem Feuerlöscher steht.
Der Lichtkegel sucht und findet. Keine Katze aber
Ratten, keine toten. Gesprächige Gangs, die sich unter
dem Lichtkegel aufteilen, sich durch abgesprochene
Fluchtwege wuseln und in der Stille unzugänglicher
Spalten und Löcher Unterschlupf finden. Hinter Holz-
verschlägen lagern muffige Kartons, alte Fahrräder,
Reifen und Möbel. Vor T-Bones Verschlag baumelt ein
blaues Schloss mit einem Notenschlüssel darauf, er
sperrt es auf und setzt sich erschöpft auf ein abgedecktes
Möbelstück. „Mein altes Sofa, eigentlich gehört es Dad.
Ich kann mich nur schwer von Erinnerungen trennen.
Keine Katze. Sie wird wieder kommen oder auch nicht,
wir haben nach ihr gesucht und das Versprechen,
was ich der Dame gab eingelöst. Sie zu finden, ist eine
andere Sache. Schau die nächsten Tage bitte mal in den
Wald, vielleicht streunt sie dort umher, vielleicht hat sie
einen Kater gefunden, der jetzt für sie sorgt,
da sind alte Freunde schnell vergessen."

Dunkel oder Licht,
ich trage an Hunger,
der von beidem wird gestillt.
Heute Nacht,
vielleicht beides,
sichtbar nur,
was geliebt.

„Hast du mich vermisst? So ein bisschen?
Komm schon...Ich hatte heute meinen ersten Toten.
Ich dachte ich hätte einen guten Magen, es war mein
erster Tote mit Sauce. So nennen sie das hier auf der
Polizeischule. Ein Obdachloser, der wahrscheinlich von
einem anderen Obdachlosen erstochen wurde, wegen
ein paar Dollar, die er sich auf der falschen
Straßenseite erschnorrte. Er lag dort wohl schon ein paar
Tage, die Müllabfuhr rief uns an. Sein Gesicht war durch
die Hitze, Ratten und sonstigem Getier, ziemlich
entstellt. Ein Verdächtiger war schnell ausgemacht,
er hatte sich nicht nur seiner Handvoll Dollar
bemächtigt, sondern auch seines Hundes. Er bestritt es
natürlich. Einer der fahrenden Sandwichbuden Besitzer,
hat den Streit beobachtet. Nein, den Mord nicht. Leo,
meint es müsse aber so gewesen sein. Blut an der
Kleidung, das Geld das ihm nicht gehört, der Hund...ey,
klar könnte es auch ein anderer gewesen sein und er nur
der Dieb. Ich bin Schüler, im dritten Monat,
Leo wird schon wissen, was er tut. Kannst ja auch eine
Ausbildung anfangen, Miss Marple, dann können wir
gemeinsam auf Streife gehen, wäre das nichts?
Aber was ungewöhnlich war, er, also der Tote, hatte eine
kleine Bibel in seiner Manteltasche, als ich sie öffnete,
fiel eines der Dreiecke heraus. Wahrscheinlich nutzte er
es als Lesezeichen. Die Dinger sind echt überall,
sogar in der Nachbarstadt. Ich dachte das wäre eine
lokale Sache. Aber der Wind weht überall, ja stimmt,
eigentlich müsste ich ihn verhaften, eine diebische Ader
hat er, wenngleich er nichts von seinen Raubzügen

behält. Eine Art Robin Hood, der aber ziemlich wahllos seine Beute verteilt. Wobei helfen? Eine Katze suchen? Dein Ernst? Gehört sie jemandem?

Siehst du, wem sollen wir sie dann zurückbringen? Die kommt doch nur zum Fressen, wahrscheinlich schmeckt es woanders besser, Katzen sind da ganz pragmatisch. Aber wenn du unsere wertvolle Freizeit mit einer Katzensuche verschwenden möchtest…

bitte. Ist doch nur Spaß. Ich bin so dankbar, dass du da bist und wenn wir den ganzen Tag damit verbringen, rote Autos zu zählen, dann wäre mir das auch Recht, Hauptsache, meine Sinne wittern dich und ich falle nicht zurück in eine Sehnsucht, die mich sterblich macht. Morgen."

Kapitel 8 - Liebende zu sein oder Nichts

Der erste Regen, seitdem ich hier bin. Er kam
irgendwann in der Früh. Ich schloss das Fenster,
der Regen zeichnete auf den Fußboden einen schwarzen
Spiegel. Ich sah nur mich und verbogenes Licht, dass es
irgendwie bis in unser Zimmer schaffte. Ich lege mich
zurück zu dir, du murmelst etwas, ich verstehe es nicht,
weiß aber was du meinst und antworte: der Regen.
Das scheint dir zu genügen. Du atmest tief. Ich drücke
mich an deinen warmen Körper, der jetzt ein
Vertrauter ist. Ich greife deine Hand, du drückst sie.
Vielleicht unbewusst, vielleicht in einem Augenblick
eines ewigen Wachzustandes, wie ihn Liebende haben.
Ich mag die Melancholie der Tropfen, die Bilder die sie
malen, ziehen mich in einen Raum, der sonst nur
angelehnt ist.
Du stehst hinter mir, wir beide blicken in einen Spiegel,
außer uns ist nichts zu sehen, es ist derselbe,
der vorhin auf dem Fußboden ein Fenster in eine andere
Welt zeichnete. Sternenlos und doch nächtliches Oben.
Du küsst meine Schultern, jede einmal. Ich bin nackt,
doch ich spüre die Kühle meiner Nacktheit nicht.
Du legst mir eine Kette um den Hals.
Aneinandergereiht: schwarze Dreiecke.
Es ist kein Papier, das Material schimmert wie
hauchdünner Obsidian. Ich fühle mich leicht.
Du pustest eine Haarsträhne von meiner Schulter,
die sich im Becken meines Schlüsselbeines fing.

Der Morgen ist leer. Du und Carol seid schon dort, wo Aufgaben auf euch warten. Ich trinke einen Kamillentee, ich habe Bauchschmerzen, habe kaum Appetit, weiß, dass mich später mein Kreislauf dafür bestrafen wird.

„Du bist heute aber blass. Alles in Ordnung? Bauchweh oder Heimweh? Ein Jahr musst du schon durchhalten. Dann wird es leichter, weiter und wenn der Ort weiß, du bist jetzt ein Teil von ihm, dann wird er sich dir öffnen. Vorher ist er ein launisches Kind, mehr Spiegel als ein eigenständiges Wesen. Bei dem Regen, werden heute nicht viele Leute kommen. Ein Bus hat sich angemeldet, Firmenausflug einer Brauerei, was sie zu uns führt, weiß der Flaschengeist. Es ist früh, ich hoffe die öffnen die Flaschen erst auf der Heimfahrt. Ihr geht heute in den Wald? Da habt ihr euch ja das beste Wetter ausgesucht, aber Regen treibt die Katzen meist wieder zurück ins Trockene. Vielleicht habt ihr Glück und sie sitzt unter irgendeinem Busch, nehmt etwas mit, um sie zu locken und einen Karton, falls ihr sie findet. Dad ist heute auch nicht in bester Laune, der Regen schlägt ihm immer aufs Gemüt. Dann die letzten Nächte, der soll sich heute mal ausruhen. Wir beide schaffen das schon."

Der Firmenausflug hat nur vereinzelte Opfer ihres eigenen Produkts. Sie singen zum Glück nicht, tänzeln aber auffällig unter ihren Schirmen, um eine gerade Linie herum, die vom Bus zu uns führt.

Wir riechen die Bierfahne des Fragenstellers und hören
das Kichern der beiden pummeligen Damen,
die einzigen weiblichen Teilnehmer der Fahrt, die ihren
Status sichtlich und hörbar genießen. „Wollen ja auch
etwas Kultur mitnehmen, stimmts? War auf dem Weg,
soll ja bald eine neue Brauerei in der Nähe… darf ich
nicht? Ok dann haben sie nichts gehört.
Wo sind denn die Indianer? Ich dachte die leben hier.
Wollte nen Armreif für meine Frau mitnehmen,
sonst glaubt sie, wir fahren nur zum Saufen weg.
Ach sie sind einer? Ich hielt sie für nen alten Hippie,
waren nicht bei Militär oder? Doch? Meine Güte,
heute lieg ich ja ständig daneben. Nichts für Ungut.
Gibt's hier auch Toiletten, der Bus hat zwar auch…
aber manches müssen meine Kollegen nicht von mir
hören…reicht mir schon, wenn ich eure Geschäfte
aushalten muss.
Das nennt man Rücksicht, das nennt man Teamgeist.
Wo? Ach da…Danke."
T-Bone beißt sich auf die Lippen, aber lächelt,
heute teilen wir uns die Stationen, aber es ist egal, wer,
was erzählt, jeder war mit sich oder seinen
Nebenmännern- oder Frauen beschäftigt, oder mit dem
Regen, der zunehmend gesprächiger und lauter wird,
die lallenden und kichernden Gäste übertönt und deren
Aufenthalt, in eine erträgliche Länge treibt.

„Ich glaube ich wäre nicht so ruhig geblieben, zum
Glück war Eagle nicht da, der hat alle Gutmütigkeit
Bone vererbt…Eine Brauerei hier in der Nähe?

Hab ich noch nichts gehört, die werden doch nicht so
dumm sein, eine auf dem toten Teich zu errichten,
da ist doch das ganze Grundwasser verseucht.
Möchtest noch in den Wald? Er meint aber schon den bei
sich oben, gut. Ach ja, eigentlich darf ich ja nicht darüber
reden, laufende Ermittlungen und so, aber du bist meine
Freundin, Carol ist nicht da? Ok. Wir konnten den Toten
identifizieren. Es war kein Obdachloser. Kannst du dich
an den Journalisten erinnern, genau der, in dem
Kastenwagen. Die fanden seine Papiere bei dem
Verdächtigen, er beharrt noch immer darauf,
dass er nichts damit zu tun hat und der Hund ihm
gehört, die gestohlenen Dollar und die Schlägerei gibt er
zu, inzwischen glaubt ihm Leo, ein Journalist ist immer
ein heikles Thema. Warum er sich als Landstreicher
ausgab, müssen wir noch rausfinden. Also los geht's,
bevor es dunkel wird, zumindest hat der Regen
aufgehört, aber Gummistiefel brauchen wir trotzdem."

Liebende zu sein oder Nichts,
du sagst, ich soll damit nicht spielen,
ich versorge mich mit Zweifel,
damit wir würfeln und das Feuer bleibt,
es könnte, das ist es,
was Sehnsucht schreibt.

Kapitel 9 - In meinem Auge alte Wände

Im Wald noch Regen, keiner der aus Wolken fällt,
aus Laubfalten und gesättigtem Geäst, die Tropfen
gläsern im späten Licht. Spinnweben sichtbar,
wir bücken uns um nicht zu zerstören, treten dabei auf
Schneckenhäuser, oben verschont, unten…tot.
Ich bedauere die Unmöglichkeit von Gleichzeitigkeiten.
Das Grün ist jung, es duftet noch nach Mutterknospen.
Vögel bereiten den Abend, zaghaft noch, gespitzte
Tropfen, die durch ein zwitscherndes Geräusch fallen.
Wir hielten noch und kauften trocknes Katzenfutter,
rasselten uns damit in den Wald, hofften auf Antwort,
ich trage den Karton vor mir, wie einen Bauch,
jeder Stoß an die verwilderten Wände, hinterlässt einen
feuchten Strich oder einen feuchten Punkt.
Fantasiewesen die den Karton fressen. Wir miezen und
schnalzen mit den Zungen, müssen lachen,
weil es albern ist. „Ich bekäme Angst…" Ich auch.
Wenig Unterholz, aber viel Müll. Alte Autofelgen und
Kanister, sogar ein Ofen, nichts was man dem
kleptomanischen Wind zuschreiben könnte.
Die Mühe, es in den Wald zu schleppen, für was
eigentlich…Keine Katze. Ein paar Ratten. „Du, lass uns
wieder gehen, hier ist mehr Müll als Natur, kein Wunder,
dass hier keine Katzen sind. Bei der Größe der Ratten,
hätte ich auch Angst." Die Rückwände der Wohnhäuser
sind stets auf uns gerichtet, blinzeln durch Baum und
Büsche. Manch einer nutzte die Rückseite als Grill-
platz, oder für Schießübungen auf Dosen und Flaschen.

Hoffentlich nicht jetzt. Wir gehen in einem Bogen,
um möglichst viele Stellen anzurasseln, als wir den Wald
wieder Richtung Häuser verlassen wollen, fällt uns das
Auto auf, das nur halbherzig mit Zweigen bedeckt ist.
Du wirst sofort stutzig, wir decken es ab.
Der Kastenwagen des Journalisten.

Die Vögel singen schon ihre letzten Lieder und erste
Sterne mischen sich unter die dunkelblaue Flamme des
Tages, als Leo mit ein paar Kollegen mit uns zu dem
Wagen geht. „Seid ihr sicher? Kann man das noch Zufall
nennen oder wäre das schon eine Lüge…Ja, das könnte
er sein, nein, das ist er. Die Nummernschilder sind
abmontiert. Aber der Wackelelvis und die
Zettelwirtschaft auf dem Armaturenbrett,
sind eindeutig…Ok Jungs, wir brauchen den Schlepper
und die Spurensicherung, wird eine lange Nacht.
Danke euch. Also ein Gespür habt ihr,
leider nicht für Katzen."

„Hey ihr da unten, habt ihr sie gefunden?" T-Bone winkt
uns, von seinem Wohnzimmer auf dem Dach, zu.
„Wollt ihr kurz rauf kommen? Dann muss ich nicht so
schreien. Ich sah die ganzen Blaulichter, ihr habt wohl
was Interessantes gefunden…" „Ihr habt sie?"
Mit der Frage öffnet sich das Fenster der Untermieterin,
als wir quietschend zu T-Bone nach oben steigen.
„Nein? Ach Kinder, es ist was passiert, es ist was passiert
und soll ich euch was sagen, sie ist nicht die Einzige.
Ich war heute in der Mall, an dem schwarzen Brett,

hingen viele Vermisstenanzeigen von Katzen.
Ist das nicht traurig? Da ist wieder einer dieser
Tierfänger unterwegs, ganz bestimmt. Aber ich danke
euch, dass ihr euch in den Wald getraut habt, es ist kein
guter Ort." „Naja, vor allem kein Sauberer.
Ohne festes Schuhwerk geh ich da auch nicht mehr
hinein, ich hätte ja selbst gesucht, aber im Moment pass
ich mit dem Verband nur in diese Schlappen, genügt
schon, dass ich damit im Reservat Leute im Kreis
herumführen muss. Wollt ihr was trinken? Gute Nacht
Mrs. Paula." Die Dame schließt ruppig das Fenster,
nur um es Minuten später wieder zu öffnen,
in der Hoffnung ein paar Wortfetzen zu ergreifen,
die von Interesse sein könnten.

„Die Steckbriefe kleben auch an den Laternen und der
Ampel, das ist schon auffällig. Wahrscheinlich hat sie
Recht, ein Tierfänger könnte unterwegs sein,
haltet trotzdem die Augen offen. Wollt ihr mir erzählen
was ihr gefunden habt? Oder dürft ihr nicht? Kristin?"
„Naja, wir waren ja privat unterwegs und ich nicht im
Dienst, also gut. Wir haben ein Auto gefunden,
du erinnerst dich an den Journalisten, der bei euch ein
paar Tage gecampt hat? Genau der. Sein Auto hier,
er in der Nachbarstadt. Kannst du dich erinnern,
ob er einen Hund hatte? Oder war er irgendwie
seltsam als du ihn zuletzt sahst?" „Ist das jetzt noch
immer Kristin? Oder fragt da schon die Polizistin
Wheeler?" Du lächelst. „Noch bin ich Schülerin,
ich weiß gar nicht ob ich das so genau trennen kann,
tut mir Leid, das sollte kein Verhör werden."

„Du hast deine Berufung gefunden, du bist das,
was jetzt Blüte treiben kann, dafür musst du dich nicht
entschuldigen. Einen Hund hatte er nicht, aber seltsam
war er von Anfang an, am Ende nicht weniger. Er trank
und aß immer dasselbe, versuchte Dad auszuhorchen
und ich brauch euch nicht zu sagen, dass das misslang.
Dann versuchte er es bei Betty und Tom, naja, er ist
nicht der erste Journalist der bei uns eine Story wittert.
Zu schreiben gibt es viel, aber niemand möchte hier die
Idylle zerstören, die zumindest vordergründig herrscht.
Ich glaube, es wurde ihm dann zu anstrengend und mit
der Verhaftung von Gustav hatte er ja seine Story.
Aber, dass er nur ein paar Meilen weiter sein Ende fand,
das überrascht mich, vielleicht war er doch an einer
Geschichte dran, die ihm das Leben kostete.
Vielleicht findet ihr ja im Auto Notizen, die Licht ins
Dunkel bringen. Yasmeen, wir müssen morgen wieder
raus, Dad wird auch wieder da sein. Ihm geht es besser.
Ich geh jetzt schlafen. Gute Nacht, gute Nacht auch an
sie Mrs. Paula!" Wir hören wie sie das Fenster schließt,
ganz zaghaft. Verriet uns aber ihr Zigarettenrauch,
ihre ungebrochene Anwesenheit während unseres
Gespräches.

In meinem Auge alte Wände,
sie machen mich blind,
für all die Dinge,
die mir die Liebsten sind.
Du gabst mir Gründe sie zu brechen,
gib mir etwas anderes,
damit wir uns nicht verlieren.

Kapitel 10 - Dein Ja, Rettung und Untergang

Carol sitzt am Küchentisch. „Na endlich. Ja alles in Ordnung. Habt ihr an die Einkäufe gedacht?
Ganz prima. Und jetzt? Pasta mit Ketchup?
Oder die labbrigen Salzstangen von deiner letzten Erkältung? Pizza? Schon wieder? Mir fehlt Woo.
Mir fehlt Kirk. Das ist doch alles nur ein Scherbenhaufen. Sind das eure Träume? Meine nicht. Sobald ich mit der Schule fertig bin, scheiß ich auf den Ort, ich spar jetzt schon für den Haufen, aber dafür brauch ich was zu essen, sonst wird meine Laune noch schlechter. Ach ja, schaut mal, war in meinem Tagebuch. ▲, fragt mich nicht wie das dort hinkam. Glaubt ihr das sind Zeichen von Kirk, ich mein, warum nicht, vielleicht weinen Geister so. Weiß man's? Soll ich anrufen? Einmal mit allem bitte. Billiger kommt ihr heute nicht davon. Ich bin auf meinem Zimmer."
„Ob ich auch so war? Hab ich das noch nicht erzählt? Schlimmer natürlich. Wenn man früh, den richtigen Soundtrack findet, lockt er etwas an die Oberfläche. Blondie, Patti Smith und Nina Hagen. Letztere kennst du nicht? Hat mir mein Vater aus Deutschland mitgebracht. Die Texte versteh ich nicht, muss ich auch nicht…"Naturtrane" keine Ahnung ob man das so ausspricht, sowas hast du noch nicht gehört.
Dann möchte man sein, was man hört, was man sieht, was man fühlt…bei dir war das bestimmt nicht anders, wir sind ja beide aus Noten gebaut. Pizza, stimmt.
Du, das mit diesen Dingern, wird mir langsam

unheimlich, die sind zwar nur aus Papier, aber wandern ganz unbehelligt in unsere Wohnungen, nisten sich ein, man wundert sich kurz und schiebt den Gedanken weiter. Aber normal ist das nicht…vielleicht hat Carol ausnahmsweise mal Recht, sie sind erst da, als Kirk ging…Jenseitskonfetti.“

Unsere Nächte, sind meine Tage. Ich wache auf und sehne mich in ein Später jenseits der 10 Stunden. Jede Nacht erkennen wir uns ein Stückchen mehr. Langsam spüre ich, dass du mich siehst, langsam sehe ich dich. Wir markieren die Stellen, die wir lassen, wenn uns der Schlaf raubt, setzen uns am nächsten Tag fort, setzen meist ein Stück vorher an, um zu wiederholen, …um nicht zu vergessen. Ein Kuss ist der Anfang, ein Kuss ist das Ende. Bitte lass es auch das sein, was ich als Letztes von dieser Welt mit mir nehme.

Eagle lächelt. Nur kurz, vielleicht war es auch nur mein Wunsch. Der Morgen ist kühl, der Herbst kam über Nacht. Ich mag es wie er meine Gedanken färbt und wie sie sich ihm hingeben. Ich bin zu leicht angezogen, frage Eagle ob er eine Weste hat, die er mir leihen könnte. „Ihr verfrorenen Europäer. Kaum bläst ein laues Lüftchen…Bone, im Schlafzimmer hängt meine Weste, brauchst du auch eine Mütze? Ich hoffe der Geruch der Mottenkugeln stört dich nicht. Bone hat mir das mit dem Wagen und dem Journalisten erzählt, die Sache ist noch nicht zu Ende, noch mehr beunruhigen mich die Katzen. Ich hab von den Vierbeinern geträumt, das ist kein gutes

Zeichen. Etwas bereitet sich vor, frag mich nicht,
ich hab schon zu viel gesagt. Wir müssen nicht nur die
Augen offen halten, noch sind die Dinge nicht Auge…
nur Schatten…Die Dinge deuten darauf, manche nur
flüchtig, manche drücken uns mit der Nase hinein…
immer und immer wieder, bis wir es riechen…
riechst du den Herbst? Er ist schon da."

Du holst mich bei Eagle ab, er grüßt dich, das ist ein
Fortschritt. „Lust auf eine Spritztour? Ganz spontan?
Ich brauch frische Luft. War die ganze Zeit in einem
miefigen Klassenzimmer. Ich dachte, Schule ändert sich
ab einem gewissen Alter, meine Güte, da sind sie wieder:
der Klassenclown, der Streber, die Nullbockfraktion,
die Zuspätkommer, die Rechthaber, die Mäuschen und
die Macker. Alles da. Ich? Diesmal bei den Strebern,
die ich früher selbst gemieden habe,
im Auswendiglernen tat ich mir aber schon immer leicht,
zum Glück ist mir das erhalten geblieben, jetzt darf ich
es ganz offiziell. So, genug von Schule. Gott ich komme
mir gerade 10 Jahre jünger vor. Wo möchtest du hin?
Einfach drauf los? Beste Antwort!"

Beide Fenster geöffnet, der Wind zieht Schlaufen mit
langen Fäden, manchmal wummert die Luft so arg,
dass ich mir die Ohren zuhalte. Du fährst schnell.
Meine Haare peitschen in alle Richtungen, auch in dein
Gesicht. Du lachst. Hältst dir eine Strähne wie einen
Schnurrbart unter die Nase. Das Licht ist anders, golden,
noch nicht rot, streicht zusammen mit dem Wind über

die Felder, die sich in der Unschärfe der
Geschwindigkeit verlieren, ein Vogel mit riesigen
Flügeln lässt sich mitreißen, kreist, könnte ich in sein
Gesicht blicken, er würde lächeln, so wie wir.
Unsere Stadt liegt hinter uns, die Andere noch weit vor
uns. Zwischenland. Als würde man unsere beiden Köpfe
zur selben Zeit drehen, blicken wir auf ein Bild,
was dich das Tempo drosseln lässt, bis der Wagen steht.
Wir steigen aus, gehen auf die andere Straßenseite.
Wir sind dort, wo uns einst der Teich unseren Übermut
löschte. Eine riesige Betonfläche, in ein grelles Weiß
getüncht, leuchtet, blendet. Darauf hunderte Katzen.
Sie schnurren. Ein Brummton, der in unsere Körper
fährt, ein sanfter Appell der sie zum Stillstand bringt.
Wir bleiben Beobachter und sind doch Teil.
Wir versuchen einander die Hände zu reichen,
etwas Halt in dieser Fremde…doch auch dieses gelingt
uns nicht. Starres Fleisch. Nach Schweiß duftend.
Mücken lockend, die sich an unserer Wehrlosigkeit
erfreuen. Katzengeschenke.

Dein Ja, Rettung und Untergang,

in meinem Auge alte Wände,

Liebende sein, oder Nichts,

Dunkel, oder Licht,

stets das Überschreiten einer Grenze,

auch bei geschlossenem Fenster,

das Ja in unser Leben zu lassen,

eine Entscheidung, welche die Unsere ist,

über uns ein Mond,

eine Entscheidung, die nicht die Unsere ist,

eine, die anders sein könnte,

eine, die nicht anders sein sollte.

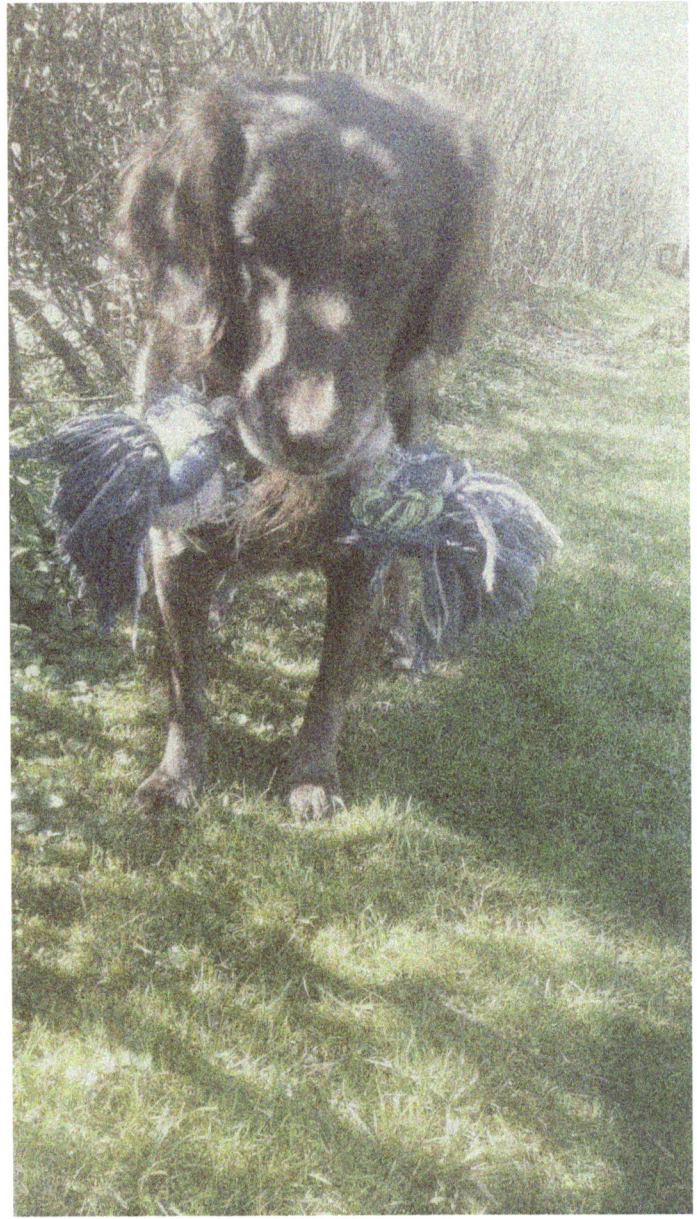

Streifen am Himmel,
Heimweh auch
und Rückkehr,
sehe den Stift nur gleiten,
Düsenjäger schneller als der Schall,
in diesen Wänden ist keine Heimat,
verzeih mir meine Zweifel,
die älter sind
und doch Wahrheit sprechen,
am Strand, ein verirrter Wal.

Kapitel 1 – Streifen am Himmel

Du warst wie erstarrt. Eine Säule, die ich, hätte ich die Kraft, zurück ins Auto geschoben hätte. Du standst nur dort und starrtest auf die Katzen, die sich auf dem weißen Beton sonnten. Ob unter ihnen auch die Gesuchte war, ich weiß es nicht. Ich schüttelte dich, versuchte mich an einem Dornröschenkuss, deine Augen wanderten in ein Weiß, ich lief zurück zum Auto, fuhr knapp hinter dich und hupte. Dies scheuchte die Katzen in alle Richtungen und dich zurück ins Leben. Du gingst in die Knie, dein Herz raste. „Alle Ok. Keine Ahnung was das war. Nein ich brauche keinen Arzt. Nur einen Moment…" Wir lehnten uns an das Auto, die angesammelte Hitze wärmte uns den Rücken, auch die Fliegen, die dort verendeten, wechselten zustimmend die Plätze. Ich versuchte sie später von deinem Kleid zu entfernen, manche schienen wie eingebrannt. Es roch nach Motorenöl, dein Haar nach Mango. Wir beobachteten den Abschied der Sonne, wie sie schimmernd hinter unserer rechten Schulter verschwand. Wenige Katzen kamen wieder, einige sogar bis zu uns, strichen um und durch unsere angewinkelten Beine, suchten Nähe, da ich noch das Katzenfutter von unserer Suche auf dem Rücksitz hatte, gab es sogar eine Abendmahlzeit, was auch andere Katzen lockte, die aus sicherem Abstand beobachteten, was die Scouts erreichten. Gutes. Die Mücken wurden lästiger, die Katzen vertrauter, manche wollten spielen, manche einfach nur einen Rest Wärme, den die Sonne

nicht mehr gab, aber mein, nur mehr lauwarmes, Auto.
Besser als Nichts. Als wir zurück ins Auto stiegen und
ich den Motor startete, stoben sie zurück in die
schützenden Schatten.

Ich lag noch lange wach, wir aßen zu viel, zu schnell,
die frischen Einkäufe verführten zur Völlerei.
Carol schien besänftigt, du erzähltest von den heutigen
Gästen, die zum ersten Mal, normal erschienen.
Du schliefst zu schnell ein, oder ich einfach zu langsam,
das Essen lag mir im Magen und der morgige Tag.
Ich hatte es dir nicht erzählt. Leo plante mit mir in die
Psychiatrie zu fahren und dort Gustav zu befragen,
er fragte mich mehrere Male, ob ich mitkommen
möchte, ich könnte all dies hinter einer Scheibe
beobachten, müsse nicht mit in den Raum. Ich habe dir
nichts davon erzählt, ich mag deine Bedenken, sie sind
ehrlich und doch oft ängstlich, ängstlicher als nötig.
Ich hatte Lust auf Musik, das half mir stets in den Schlaf
zu finden, ich wollte dich nicht wecken, versuchte es mit
zählen, mit beten, mit Seitenwechsel, ich stand auf,
ging ins Wohnzimmer, knipste den Fernseher an,
dort fand ich Ruhe in einem farblosen Film aus den
40ern. Ein Krimi, wo Privatdetektive die besseren
Polizisten waren. Ich war zu müde um mich darüber
aufzuregen und schlief ein. „Hey du, aufwachen.
Du lässt mich mit deinem Wecker alleine. Aufstehen,
komm schon. Ich leg mich noch mal hin, versuch es
zumindest. Hab einen schönen Tag." Dein Kuss war
trocken, weil es deine Lippen waren, vielleicht auch der
Umstand, dass ich dich alleine gelassen hatte.

Leo holte mich pünktlich ab. „Keine gute Nacht gehabt? Schlaf mir nicht ein, ich brauche heute deine ganze Aufmerksamkeit. Es hat lange gedauert, bis ich die Erlaubnis für dieses Gespräch bekam, du glaubst nicht, wer alles vor der eigentlichen Person sein Veto einlegen kann. Vielleicht haben wir nur diese eine Chance.

Ich soll dich von Stacy grüßen, sie lässt fragen, ob du sie einmal anrufen könntest…natürlich nach Feierabend. Hast du noch ihre Nummer? Wenn nicht, geb ich sie dir, bei einem Umzug kann vieles verloren gehen."

Leo drehte die Musik lauter, ein altes Jazzstück, was mich ganz nervös machte. Jazz benötigt die Nacht. Ein Abendkleid zum Frühstück ist lächerlich und hat keine Magie. Zum Glück waren wir bald da. Ein großes Stahltor öffnete sich. Stacheldrahtrollen, Lockenwickler auf den eh schon hohen Mauern, die selbst zwei Erwachsene auf Schultern nicht erreichen konnten. Man bat Leo um seine Dienstwaffe, ich durfte noch keine tragen, dann lotste man uns durch ein Labyrinth aus immerselben Gängen, vergitterten Zwischentüren, kahles Weiß, mit verbeulten Stahltüren, immer wieder dumpfe Stimmen, manchmal Schreie,

manchmal Gesang. Man führte uns in einen großen Raum. Ein Tisch, zwei Stühle, alles war mit dem Boden verschraubt. In der Mitte des Tisches ein Mikrofon und ein Kassettenrekorder. Eine verspiegelte Wand ließ den Raum dahinter erahnen. Dorthin führte man uns als nächstes. Und wir waren nicht allein.

„Sheriff Thornton, sie werden doch nicht überrascht sein, mich hier anzutreffen, nicht wirklich oder?

Immerhin geht es um meinen Sohn. Und sie sind...?
Ach, eines der Wheeler Kinder ist jetzt bei der Polizei?
Das mit eurem Bruder, tut mir leid, ihr habt sicher mein
Schreiben erhalten und meinen Kranz bemerkt?
Wenn ich sehe, dass sie meinen Sohn über seine Kräfte
hinaus strapazieren, werde ich für ihn das Gespräch
abbrechen und klopfe an die Scheibe. Okay? Gut.
Ich trage Fürsorge. Er ist ein guter Junge. Er ist verrückt,
aber er ist kein Mörder. Das Erste ist nicht strafbar und
das Zweite muss erstmal bewiesen werden.
Legen wir los? Ich hab gleich noch einen Termin."

Streifen am Himmel,

keine aus Silber,

die unterstreichen,

was ich gerade noch dachte,

ein Gefühl nur,

unter vielen,

verzeih mir,

meine Strenge,

es zurückzufordern,

es war geliehen,

nicht geschenkt.

Kapitel 2 – Heimweh auch

Zwei Pfleger brachten Gustav in den Verhörraum,
er trug eine Zwangsjacke und hatte Nasenbluten.
„Herrgott macht doch den Jungen los, schaut ihn euch
an, wem will er gefährlich werden." Mr. Meyer
klopfte an die Scheibe. Der Beamte der bei uns im
Zimmer stand, ging hinüber und gab seinen Kollegen
die Anweisung, ihn von seiner Jacke zu befreien und
ihm ein Taschentuch zu reichen. „Danke Dad, du bist
doch da, oder? Ich kann dich spüren…"
Gustav winkte in unsere Richtung. Mr. Meyer
ertappte sich selbst dabei, eine Hand zu heben,
unterbrach den Reflex aber abrupt. Gustav tupfte sich
die Nase, riss dann ein Stück von dem Papier ab,
drehte es und schraubte es sich in das blutende
Nasenloch. „Passiert mir immer wieder…kann ich ein
Glas Wasser, ich hasse den Geschmack von Blut, sonst
muss ich mich erbrechen…bitte…" „Also Mr. Meyer,
oder ist es ihnen lieber, wenn ich sie Gustav nenne…"
„Mir egal…" „Also Gustav, du weißt warum ich mit
dir sprechen möchte?" „Neeeein. Also ja, ich habe eine
Harfe geklaut. Wissen sie, ich wusste das nicht. Da war
der Koffer und ich neige seit klein auf dazu, Dinge zu
nehmen, die mir nicht gehören. Stimmt doch, Dad?
Man sagt auch Klemptnermane dazu, ich war da auch
immer mal wieder beim Arzt. Bekam Pillen, die im Hals
wehtaten, die waren so groß wie Bohnen.
Jetzt bekomm ich Kleinere, die schmecken sogar wie
Bonbons, wenn man draufbeißt. Dann hab ich den Koffer

mitgenommen, manchmal hör ich da eine Stimme, die sagt, „tu's", und manchmal, nicht immer, gehorch ich, ich mein, ich tue ja niemanden weh. Dann hatte ich den Koffer und…" „Gustav entschuldige, wenn ich dich da unterbreche, du hast die Harfe dann im Teich versenkt und irgendwas in den Teich gegossen..." Mr. Meyer klopfte an die Scheibe. „Ich hab nichts in den Teich, der war schon silbern als ich kam, ich dachte mir gleich, da stimmt was nicht, aber ich hatte ja die Harfe und war schon mal hier, dann hab ich sie dort hineingeschmissen und bin wieder gefahren. Hoffte ja, sie würde untergehen, aber Holz, naja, das kam mir erst später im Auto und rausziehen wollte ich sie da nicht mehr, ich wusste ja nicht…aber tote Enten sind kein gutes Zeichen…" „Was hast du dann gemacht?" „Ich weiß nicht mehr, das ist schon…ich hab das Auto gefärbt, ich mag rot nicht, blau ist schöner, darf man doch oder? Stimmt doch, Dad? Von der Farbe ist mir was ausgekommen, wollte mir nur die Hände waschen, die Dose mit dem Lack, ach ich bin ein Schussel." „Und Kirk…" „Kirk…wir sind Freunde. Schon seit der Schule. Ich mag Kirk. Wie geht's ihm? Und wir haben uns manchmal getroffen und Dinge gemacht, darf ich's ihnen ins Ohr flüstern, ich möchte nicht das mein Dad….nein Dad das geht dich nichts an. DAS geht dich NICHTS an!" Plötzlich schrie Gustav die letzten Worte in den Raum und bekam einen roten Kopf, Mr. Meyer wollte schon an die Scheibe klopfen, merkte aber, dass sich sein Sohn schnell wieder beruhigte hatte. Er flüsterte Leo ins Ohr.

„Das macht man doch nicht, oder? Aber wir haben's trotzdem getan. Aber das bleibt unter uns ja? Ich hab's dem Pfarrer auch gesagt, der meinte auch, das bleibt unter uns." Mr. Meyer rollte mit den Augen. „Was ist dann passiert?" „Was soll passiert sein, ich bin wieder nach Hause, hab mich geduscht und mit Dad einen Film geguckt. Stimmt doch, Dad?" „Und was war mit Andy?" „Andy…den kenn ich auch von der Schule. Der war immer nett zu mir und er mag Musik. Soll ich dir was verraten? Wir waren sogar mal in dasselbe Mädchen verliebt. Der Schwester von Kirk. Darum war ich öfter bei ihm, früher, jetzt war ich wegen ihm, bei ihm. Jetzt ist sie nicht mehr mein Fall, ich mochte ihre langen Haare, ich mag lange Haare, die sind weich und man kann sie flechten. Andy und ich tauschten manchmal Platten, kennst du Kiss? Ich mag die Katze…" „Du hast ihn auch besucht und hast von dort aus telefoniert…" „Ja, ich wollte Dad anrufen, hatte nicht genug Geld dabei, die sind teuer geworden, manchmal hat mir Andy auch eine Platte geschenkt, wenn ich diese so richtig wollte, also so ganz richtig, wenn man von Sachen träumt, jede Nacht…" „Und von so einer Platte hast du geträumt?" „Ja, kennst du die Beatles? Andy hatte da eine, die hab ich noch nie gesehen, die musste ich haben. Aber Andy meinte, die sei zu teuer und ich meinte mein Dad schafft das schon, stimmt doch, Dad?" „Dann hast du ihn angerufen?" „Ja. Er meinte, wir müssten darüber erst reden. Ich meinte, wir reden doch gerade. Dann hat er aufgelegt. Das war nicht nett…hörst du Dad,

DAS WAR NICHT NETT!" Leo schob Gustav das Glas
Wasser hin, von dem er sofort mit großen Schlucken
trank. „Dann hast du die Platte mitgenommen,
sei ehrlich…hätte ich wahrscheinlich auch…"
„Ja, aber, ich hätte sie auch wieder zurückgebracht,
manchmal hat er das gar nicht gemerkt. Aber Zuhause
hab ich gemerkt, die war leer…" „Hast du von dort
bei Kirk angerufen?" „…Manchmal…zuhause konnte
ich nicht…hätte ja Dad gemerkt…und es sollte ja ein
Geheimnis bleiben…du weißt ja jetzt warum…er
hat nicht mit mir gesprochen…ging ran…und sagte
nichts….das hat mich traurig gemacht. Wirklich traurig."
„Was passiert, wenn du traurig bist?" „Na ich weine und
manchmal bin ich wütend, aber nicht immer…"
„Kommen dann manchmal Stimmen?" „Wenn ich
traurig bin nicht, aber wenn ich wütend bin…dann ja,
dann kann ich sie hören…" „Was haben sie gesagt?"
„Naja, ich müsse nicht traurig sein, denn es gibt
Möglichkeiten…" „Von welchen Möglichkeiten sprachen
sie, Gustav?" „Weißt du, ich habe gelernt, wenn ich
Dinge möchte, bekomm ich sie. Bekam ich sie nicht,
dann bekam sie mein Dad. Stimmt doch, Dad?
Aber den konnte ich ja nicht fragen, also musste ich
selber…" „Und was hast du dann selber?" „Na, das was
die Stimmen gesagt haben, dann hab ich's gemacht."
„Was hast du dann gemacht, Gustav?" In dem Moment
klopfte Mr. Meyer so stark gegen die Scheibe, dass ich
befürchtete, er würde mit ihr in den Raum fallen.
„Wir brechen das hier ab. Merken sie nicht, wie er
manipuliert wird? Wir brechen ab. Bitte gehen sie

hinüber und beenden sie das Gespräch." „Ich bin müde. Wie spät ist es? Ja ich muss auch meine Tabletten nehmen und dann schlafen. Hier drin ist immer Abend. Immer sind Lichter an. Schau mal, ein roter Zahn." Gustav hielt Leo seine blutige Taschentuchspitze entgegen. „Schenk ich dir." Mr. Meyer versuchte noch mit seinem Sohn persönlich zu sprechen, doch die Pfleger legten Gustav wieder seine Jacke an und führten ihn hinaus, bevor sie Minuten später unsere Türe öffneten. „War das jetzt nötig? Hat es jetzt irgendjemanden etwas gebracht, außer Unruhe für meinen Sohn? Sheriff Thornton, Polizeianwärterin Wheeler? Ich hoffe die Informationen genügen, denn ein weiteres Mal, werde ich kein Gespräch erlauben. Einen schönen Tag noch."

Leo schwieg als wir zurückfuhren. Erst als er mich Zuhause absetzte sprach er ein paar Worte mit mir. „Wir reden morgen darüber, ich muss das jetzt erstmal verdauen, du sicher auch. Versuch trotzdem zu schlafen, morgen benötigen wir einen klaren Kopf, denn Gustav hat mehr erzählt, als er erzählen wollte und sollte. Gute Nacht Kristin und danke dir, dass du mich begleitet und das ausgehalten hast, deine Eindrücke was Mr. Meyer angehen, sind nicht weniger wichtig, als jene von Gustav."

Es roch nach Zwiebeln und Speck.
Du und Carol bereiteten gerade das Abendessen.
Dein Kuss war Rettung, kurz vor der Tiefe,
die schon am mir zog. „Möchtest du darüber reden?"
Später, viel später. Erst essen und dann küssen,
so viel küssen, dass wir den heutigen Tag vergessen.
„Lenny kommt auch…ist doch ok, oder?
Meinst du ich koche für dich?
Ganz bestimmt nicht…"

Zuhause,
Stückwerk,
umverteilt zu Zweckmäßigkeiten,
die es schützen,
uns schützen,
und da ist jetzt,
Heimweh auch.

Kapitel 3 – Und Rückkehr

In deinem Haar noch der Duft von Zwiebeln und Rauch,
irgendwo versteckt, weit dahinter, Mango.
„Die Katze ist zurück. Die Katzendame konnte es kaum
glauben. T-Bone, sah sie nur selten lächeln, er befürchtet
jetzt, dass sie noch mehr Fleisch in die Schälchen stopft
und damit auch die Ratten zieht, eigentlich eine
Win-Win Situation für die Katze. Fressen Katzen
Ratten? Ich weiß es auch nicht. Magst du jetzt erzählen?"
Eigentlich war ich schon zu müde und ich wusste nicht
genau, was von Belang war, kein Gefühl hat bisher an
den heutigen Tag angedockt. Weder Wut, noch Trauer,
Ratlosigkeit vielleicht und ein Hauch von Mitleid.
Wenn er es war, dann war er auch ein Opfer seiner
Umstände. Wütend machte mich sein Vater. In einem
Käfig mit dem Löwen und einem stummen Dompteur,
der von dem Löwen dirigiert wurde. Während ich
erzählte, schliefst du ein. Ich küsste deine Stirn und
versuchte mich auch an Schlaf, ich hätte gerne den
deinen gehabt, der dich sanfter behandelte.
Der Mond schien heute grell, obwohl er noch kaum seine
Grenzen erreicht hatte. Ich ging wieder hinunter,
diesmal nahm ich den Wecker mit. Mein Abwägen im
Hin und Her der Seiten, hätte dich irgendwann
geweckt. Ich traue dieser Begründung. Auf dem Sofa ist
sie zurück, die bleierne Schwere des Tages, angesammelt
in der Müdigkeit, die sich jetzt auf mich legt,
ich benötige nicht einmal den Fernseher.
Ich entstarb dem Tag, bevor ich die Kirchturmuhr ihre
höchste Zahl nachzählen hörte.

Leo war noch nicht im Büro. Ich brachte frische Donuts mit, ein unausgesprochenes Gesetz, dem jeder Auszubildende Gehorsam leisten musste. „Du bist heute aber pünktlich, oder bin ich zu spät? Konntest wohl auch nicht schlafen…Komm wir gehen ins Büro."

Leo schloss sein Büro stets ab, hatte auch immer ein Auge darauf, ob etwas anders lag. Jeden Morgen ein neues Vorher-Nachher Suchbild. Nicht nur einmal fand er Unterschiede, die Ratten hatten Schlüssel. Er zeigte mir seine geheimen Tret-, Schiebe- und Stapelmienen, bat mich, sie mir einzuprägen. Manchmal veränderte er selbst etwas, prüfte mein Gedächtnis oder mein Versprechen. Nur Ersteres war verzeihlich… „Heute hast du die richtigen Donuts, so beginnt der Tag schon mal positiv. Setz dich. Tür…Danke. Pass auf. Wir haben nicht viel Zeit. Der Junge hat uns gestern mehr verraten, als er wahrscheinlich wollte. Eigentlich weiß ich nicht mal, ob er überhaupt etwas will. Vielleicht tut ihm die Ruhe dort sogar gut. Er bekommt alles was er benötigt, sogar mehr Aufmerksamkeit als je zuvor und hat einen strukturierten Tag, das ist viel. Wahrscheinlich wird er sein ganzes Leben jetzt dort verbringen, irgendwann in einer anderen Klinik, aber immer unter Beobachtung. Seine Psychologin sprach von einer Persönlichkeitsstörung, schwere Schizophrenie. Die wenigen Monate seiner Anwesenheit, reichen noch nicht für eine endgültige Diagnose aus. Mir scheint, sein Vater weiß von alledem, versuchte es wohl all die Jahre irgendwie zu verbergen, in dem er den Sohn Jahresweise in andere Städte versetzte, immer dorthin, wo auch seine Immobilienbüros ansässig sind.

Er rechnete wohl nicht mit seiner eigenwilligen
Rückkehr. Irgendwas muss der Grund gewesen sein,
der liebende Vater wohl kaum… die Mutter?
Die Frau des Löwen, ist nicht die Mutter, in der Geburts-
urkunde steht ein mir unbekannter Name. Ich hab ihn
irgendwo notiert…ich…find…ihn…nicht….später.
Wir werden ein weiteres Gespräch ersuchen.
Dass der Löwe intervenieren würde,
war vorauszusehen, er wird es wieder tun, da es aber
noch laufende Ermittlungen sind, die seinen Sohn,
durchaus entlasten könnten, kann und wird er dies nicht
verhindern. Wir müssen so fragen, dass wir mehr sagen
als er hört, da benötige ich deine Hilfe. Gustav meinte,
er kennt dich von früher, schwärmte sogar für dich,
das können wir uns zu Nutzen machen. Geh in dich und
vielleicht fällt dir irgendetwas ein, von früher,
eine Situation, ein Gespräch… und überleg dir Fragen,
die werde natürlich ich stellen und entsprechend
formulieren, aber dein Kopf denkt noch ganz unbedarft,
noch nicht in Mustern wie meiner, das ist kostbar.
So, jetzt erstmal den Donut, Kaffee? Ja nicht du,
das war ein Auftrag, aber kannst dir natürlich auch
einen einschenken, ach ja, hier die Nummer von Stacy.
Verlier sie nicht. Sie freut sich auf deinen Anruf."
Leo öffnete das Fenster, Unruhe floss in den Raum,
verdrängte die verbrauchte Wärme. Der Kaffee war
viel zu stark, selbst der Donut konnte ihn nicht
verwässern. Mein Herz begann zu rennen, richtungslos
und trieb mir Schweißperlen auf die Stirn. „Jetzt bist
du wach? Sehr gut. Dann können wir ja weitermachen.

Also, wie verhielt sich Mr. Meyer? Ich hätte gerne beides
beobachtet, wie sie miteinander agierten, aufeinander
reagierten. Vielleicht können wir den Vorschlag dem
Richter und der Psychologin klug verkaufen. Weißt du
noch, wann er gegen die Scheibe klopfte? Lass dir Zeit,
ich geh mir noch einen Kaffee holen. Auch noch einen?
Deine Tasse ist ja noch halb voll…zu stark? Was trinkst
du denn Zuhause, Kakao?" Ich schloss das Fenster,
bei dem Lärm konnte ich mich nicht konzentrieren.
Auf dem Schreibtisch stand ein Foto von ihm und Stacy.
Seine Frau, existierte als Geist zwischen den beiden.
Das Sichtbare beschwört Erinnerungen, Zuhause hingen
kaum noch Fotos. Die von Kirk ruhen in einer
Schublade, die von meinen Eltern auf dem Dachboden.
„Und, ist dir etwas eingefallen? Dann leg mal los.
Ich schreibe mit. Also, wann schlug er gegen die
Scheibe? Bei der Sache mit dem Teich, ob er was
hineingoss. Gut, weiter… Als es um Kirk ging…bei was
genau? Nachdem er mir von Kirk ins Ohr flüsterte.
Aber er klopfte nicht…was hielt ihn zurück?
Wollte er öfter klopfen und tat es nicht? Nicht…ok.
Ich notier das trotzdem. Geklopft hat er dann nur noch
einmal, wenn ich mich Recht erinnere….bei der
Frage, was nicht sein Dad, sondern nur er selbst machen
konnte…hat er da was gesagt? Das Gustav manipuliert
wird. Sagt der große Manipulator…wie nah stand er an
der Scheibe? Hatte er die Arme verschränkt oder in der
Hosentasche, hat er sich Notizen gemacht?
Er stand so nah, dass die Nase, die Scheibe berührte,
gut, keine Notizen, die Hände?

Er wühlte in der Hosentasche…hast du einen Schlüsselbund gehört? Hast du ihn auch gesehen? Wie sah er aus?
Ein geflochtener, schwarzer, Schlüsselanhänger. Ja?
Sehr gut. Sehr gut. Was er mir ins Ohr flüsterte?
Kannst du es dir nicht denken? Genau das. Ich bin mir
sicher, sein Vater wusste davon. Wie geht es dir damit?"
Ich wusste nicht was ich antworten sollte. Ich hatte Kirk
anders eingeschätzt. Das mit den beiden…ich wollte es
mir nicht vorstellen, konnte es nicht…er war nie Kirks
Typ, er bot ganz früh schon Angriffsfläche für seine
spitze Zunge. Ich hab es nie als Freundschaft
empfunden, eher als Mitleid, wenn Gustavs Vater mal
wieder die Hand ausrutschte. Trost von einem Fremden,
ist besser als gar kein Trost. Was Kirk in seiner freien Zeit
tat, oder mit wem er sie verbrachte, blieb mir bis zum
Schluss ein Mirakel. Es interessierte mich auch nicht
und ich glaube, das war genau die Freiheit,
die er benötigte und irgendwie gab er mir Dieselbe,
die ich insgeheim auch von ihm erwartete.

Und Rückkehr ist darauf geschrieben,
auf dem Deckel, den noch ein Bier beschwert,
zu viele schon notiert,
Striche, die einsame Abende zählten,
und zu wenig Geld.
Zwischen Rauch und Einsilben Gesprächen,
ich hätte meine Einsamkeit nie aufgegeben,
nicht dort,
nicht jetzt,
nicht hier.

Kapitel 4 - Sehe den Stift nur gleiten

Ich fuhr nicht nach Hause. Es gibt eine Bar nicht weit
vom Office. Die Uniform wurde mir heute zu eng.
Früher war ich öfter hier. Nach der Highschool,
nach der Bandprobe. Mit Freunden, nur selten allein.
Ich setzte mich an keinen Tisch, ich blieb an der Theke.
Der Typ dahinter, hatte glasige, rotumrandete Augen,
ob es der Alkohol oder ein Fieber war, ich weiß es nicht,
wollte es auch nicht wissen. Zuhause trinke ich kein Bier,
heute hat ich Lust darauf, wollte nicht, dass du mich so
siehst. Meine Gedanken sind lose, genügen nicht für ein
Lächeln. Ich versuchte es mit Vernunft,
doch diese verlangt nach einem Schleier,
den ich bereit bin zu geben. Keinen, der mir den
Nachhauseweg versperrt, nur den Raum, der meine
Tränen begehrt, die ich ihm heute nicht geben möchte.
In der Garderobe hängt ein Münztelefon in einem halben
Ei aus vergilbtem Plexiglas. Ich wähle Stacys Nummer,
weiß, es ist nicht richtig, vielleicht ruhen die Zweifel in
demselben Raum wie die Tränen und fördern den
Übermut, der im Moment keinen Mittler mehr findet.
Sie ist zu schnell am Apparat, ich hatte keine Zeit mir
etwas zu überlegen. Ein leises Hallo. Sie erkennt mich
sofort. „Kristin. Schön, dass du doch den Mut,
oder zumindest die Nummer gefunden hast, oder ist es
die von meinem Vater? Egal. Jetzt bist du da. Sag,
es gibt so viel zu reden….etwas piepst…"
Ich werfe eine Münze nach, das Telefon ist hungrig…
drängt mich zu Worten, die ich in der Schnelle nicht

finde…..ja, lass uns treffen…. „Wann und wo?

Bei mir gehen nur die Wochenenden…Kommendes?

Du, ich meld mich bei dir, oder bei meinem Vater und geb dir Bescheid, es hat an der Tür geklingelt. Machs gut und danke dir für den Anruf." Es war noch Zeit übrig, das Telefon fraß alles, kein Rückgeld, kein Zurück.

Das schlechte Gewissen, schmerzt noch nicht…

Ich fahre nach Hause. Du sitzt mit Carol auf dem Sofa und schaust eine Quizshow, ich küsse deinen Kopf, hoffe du riechst das Bier nicht und ich verschwinde unter der Dusche. Ich wünschte, ich wäre wirklich verschwunden. Das Wasser ließ mich am Stück, keine Flucht möglich, aber ich roch besser. Und ich putzte mir die Zähne, noch vor dem Essen. Es war nicht weniger auffällig, als meine Bierfahne. „Gehst du heute ohne Essen ins Bett?" Der Salat und das Brot brachten klare Gedanken, wogen den Alkohol auf. Dafür wog das Gewissen mehr als ein Lächeln, der Mond und die Müdigkeit sind stets Gründe für einen Strich im Gesicht. Du siehst den Stift über mein Gesicht gleiten, lächelst, ich versuche zu erwidern, ich habe das Bedürfnis, nun in den Traum einzutreten, wo die Tränen lagern. Ich bediene mich reichlich, deine Schulter und deine Worte sind geduldig.

Sehe den Stift nur gleiten,
kein Punkt, der ihn zähmt,
ich möchte nicht wissen,
was er schreibt,
jemand wird es lesen,
ich hoffe er deutet es nicht,
dann versuche ich,
es zu erklären,
was nie ausgeschrieben ist,
was nie an einem Ende lehnt.

Diese Nacht war nicht schüchtern. Ich wollte mir
beweisen, dass du es bist, dass wir es sind.
Gewissenloses Jetzt. Unsere Zärtlichkeiten zum ersten
Mal flüchtig, stets die Gefahr uns beide zu überfordern.
Wir taten es nicht, erweiterten nur die Grenzen.
Carol klopfte an die Tür, wir sackten sofort in die Stille.
Kicherten wie alberne Teenager, die wir doch sind,
in etwas Entfernung, aber noch in Sichtweite.
Ich maß mit dir die Strecke, die es benötigt um Stacy zu
verdrängen. Es blieb bei einer Betäubung, die das Herz
schwoll und mit dem nüchternen Morgen,
auf Ausgangsgröße hinunterkühlte, dort wo das Stechen
ist. Wo man Dolche ahnt und Dornen und Disteln.
Moll-Ebene in undichten Gummistiefeln, die mehr
schöpfen, als verdrängen. Ich ergriff wieder die Flucht,
suchte einen Grund, ich konzentrierte mich so sehr auf
deinen Atem, dass ich den Rhythmus meines Eigenen
vergaß. Jetzt hatte ich einen Grund, ein Motiv zur Flucht.
Ich könnte es Begründen, wenn du mich fragst, aber du

tust es nicht. Ich bin schon lange in der Arbeit,
wenn du die Möglichkeit dazu hättest.
Am Abend zählt das Wiedersehen.

Schule ist Schule. Meine ehemalige Highschool lag auf
demselben Gelände, wir fuhren oft an der
Polizeischule vorbei, machten uns über die Uniformen
lustig und die akkurat frisierten Köpfe. Sie wirkten nie
so, als ob sie Spaß hätten. Polizei war etwas Ernstes,
für ernste Menschen. Jahre später wurde ich von dem
Gegenteil überzeugt. Meine Klasse, ein bunter
Haufen aus Früh- und Spätberufenen. Jeder wusste was
er wollte, die Wenigen, die aufgrund von
Fußstapfen den Weg hier her fanden, waren zum Glück
in der Unterzahl. Veronica und Steve waren die ersten
Du's die ich tauschte und sie sollten bleiben.
Das typische Klassensprecherpärchen: er groß und
gutaussehend mit tadellosen Kauleisten, Ex-Star der
Highschool Footballmannschaft, sie die blonde,
etwas streberhafte Klassenbeste, aber manchmal
erheiternd naiv. Kein Teeniefilm kommt ohne diese
Stereotypen aus, sie fallen häufig zuerst irgendeinem
Serienkiller zum Opfer, Gott verhüte, dass dies
außerhalb von Teenieschlitzern geschieht.
Ich mag die Beiden. Ich sitze am Fenster,
im Sommer wird sich meine linke Gesichtshälfte zu
meiner Schokoladenseite färben. Die meiste Zeit
verbringen wir in Hörsälen, auf dem Sportplatz und
der Gerichtsmedizin. Manchmal habe ich das Gefühl,
ein Medizinstudium zu absolvieren und nicht nur

einmal zweifele ich an meiner Sehkraft.

Eine Brille wird wohl immer mehr zu einer ernsthaften
Überlegung. Zum Glück schreibt Steve groß genug,
so dass mir die verschwommenen Hieroglyphen,
auf den entlegenen Tafelbildern, erst mal keine größeren
Probleme bereiten, außer der Kopfschmerz,
der diese Anstrengung begleitet und mich bis nach
Hause verfolgt, wo ich mir einfach nur Dunkelheit
wünsche. In der niemand ist, vielleicht deine kühle
Hand auf meiner Stirn, die Sanftes spricht,
kein Gedanke der erwidert, der aufbegehrt,
ich wünschte, sie drückte sich durch die Stirn an jene
Stelle, wo dieses Gewitter herrscht, ohne Donner,
aber mit diesen grellen Strichen, die nicht gerade
können, auf zerknittertem Papier.

Kapitel 5 – Düsenjäger schneller als der Schall

Es ist Freitag, ich fürchte mich vor den kommenden
Tagen. Du machst schon Pläne für ein Wir. Ich gebe keine
Antwort, ducke mich hinter Fliederfarbene Büsche.
Du lächelst deine Bedenken und jede Kritik weg,
dies macht mich wütend. Frag doch, was los ist, bitte
frag doch endlich und ich werde ehrlich antworten.
Ich erzählte Leo von den Kopfschmerzen und der Brille.
„Soll ich dir was verraten? Eigentlich müsste ich auch
eine tragen, schau mal, hier in der Schublade ist sie,
sieht aus wie neu, kannst ja mal raten, wie oft ich sie auf
hatte. Probier mal, vielleicht ist es genau deine Stärke."
Ich sah deutlicher, das Gesehene ließ meinen Kopf
kreiseln, ich stand auf und ging ein paar Schritte.
Der Boden gab nach, als würde ich auf sandigem Grund
stehen. „Und? Besser? Dann behalt sie. Steht dir besser
als mir. Stacy rief mich gestern an. Ich hab's dir
aufgeschrieben, kann mir euren Mädchenkram nicht
merken, will es auch nicht." Ein Ort, eine Uhrzeit.
Nicht mehr. Die Anweisung für eine Übergabe.
Begleitet von einem Gefühl des Verbotenen.
„Nichts zu danken. Jetzt aber wieder Polizeikram,
okay? Du sagtest, Meyer hatte an seinem Schlüsselbund
einen geflochtenen Anhänger. Beschreib ihn mir...auch
wenn es nur ein kurzer Moment war. Was kommt dir als
erstes in den Kopf. Haare. Schwarze Haare. Gut. Also,
ich hab mich nochmal mit Gustavs Mutter beschäftigt.
Sie starb ein paar Jahre nach seiner Geburt, was heißt
starb. Man geht von Selbsttötung aus. Meyer fand sie.

Das Kind im Laufstall. Schlafend. Zuerst dachte er, auch Gustav wäre...so steht's in seiner Aussage von damals. Die Mutter in der Badewanne mit aufgetrennten Pulsadern. Das Wasser war noch warm. Er meinte, er war kaum länger als eine Stunde weg. Jetzt wird es interessant, rate mal mit was sie sich die Venen öffnete...ein Messer klar...ja, genau jenes! Ist sogar auf einem Foto festgehalten, das Messer war also schon mal, an einem Tod beteiligt und schlummerte in alten Akten. Und fällt dir etwas an der Leiche auf, schau nur auf das Gesicht, auf der einen Seite ein Pony, ein ziemlich kurzer sogar, auf der anderen Seite nicht. Wenn man es weiß, sieht man es. Davon steht nichts im Obduktionsbericht, auch nicht in seiner Aussage. Da man von einem eindeutigen Suizid ausging, kam auch keine Spurensicherung. Mal angenommen, der geflochtene Schlüsselanhänger, wären ihre Haare, ist es eine Erinnerung oder eine Trophäe? Sag, wenn du dir einen Pony schneidest, dann doch gleichmäßig und nicht so? Es ist wahrscheinlicher, dass man ihr die Strähne nach ihrem Tod abgeschnitten hat. Warum? Das werden wir jetzt herausfinden. Pack dich zusammen, stolpere nicht. Wir statten Herrn Meyer einen Besuch ab."

Wir kamen nicht mal bis über die Brücke. „Mr. Meyer ist nicht anwesend. Da brauchen sie gar nicht so grimmig gucken, Sheriff Thornton, sie können gerne seine Sekretärin anrufen, die wird ihnen das bestätigen." „Gibt's Probleme?" „Mrs. Meyer. Der Sheriff hätte…"

„Ich kann auch gut für mich alleine sprechen."

„Wir hätten noch ein paar Fragen an ihren Mann, bezüglich Gustav…" „Kommen sie rein. Vielleicht kann ich ihnen weiterhelfen. Die Mutter wird irgendwie nie gefragt. Sie sind doch die Wheeler Tochter, ich hab sie mit der Brille und den Haaren gar nicht erkannt, steht ihnen, ja die Augen, ich müsste auch, aber die Eitelkeit verbietet es mir. Kommt, wir machen einen Spaziergang durch den Garten. Ich war gerade bei den Rosen, das sind meine Babys, wohl der einzige Bereich hier, den ich verwalten darf und auch verwalten möchte. Aber die Jungs haben Recht, mein Mann ist gerade terminlich verreist. Es geht um Gustav…so viel weiß ich jetzt. Wir ihr sicher wisst, bin ich nicht seine leibliche Mutter, was nicht ein einziges mütterliches Gefühl mindert. Ich selbst konnte nie Kinder bekommen, mein Mann brachte Gustav mit in die Ehe, da war er drei. Warum ich das so genau weiß? Weil ich ihn zu seinem dritten Geburtstag zum ersten Mal kennen lernen durfte, er bekam ein Märchenbuch und ein Malbuch von mir. Ich war ziemlich nervös. Man weiß ja nie, wie Kinder reagieren. Ronald holte mich von dem Buchladen ab, in dem ich damals noch meine Ausbildung machte. Wir lernten uns bei einer Lesung kennen und auch lieben, das haben sie ihm gar nicht zugetraut? Er hat auch eine ganz feine Ader. Gustav war und ist für ihn alles. Gustav war schon immer sehr besonders, man weiß ja nicht, was ein Kind so alles mitbekommt, ich glaube den Tod seiner Mutter hat er nie überwunden, kann man das?

Vor allem wenn er solch ein tragisches Ende nimmt.

Ich glaube auch Ronald, ist nie aus diesem Echo heraus-getreten und eine gewisse Ähnlichkeit zu Judy ist nicht von der Hand zu weisen. Zumindest als ich jung war.

Er hat sie in der Wanne gefunden und Gustav war der Letzte der sie fühlte, es gab bestimmt einen Abschied. Einen Kuss, eine Umarmung, das merkt ein Kind. Sogar Tiere merken so etwas. Gustav lebte immer in seiner eigenen Welt, aber einen Mord, ich bitte sie... Kristin? Ich darf doch Kristin sagen. Du kennst ihn doch auch. Warst mit deinem Bruder auch öfter hier.

Weißt du nicht mehr, wie ihr hier im Garten getobt habt? Ihr wart die Einzigen die zu seinem Geburtstag kamen, ihr wisst gar nicht, wie stolz er war. Noch Wochen später, schwärmte er von diesem Tag. Warum sollte er Kirk…? Dass er auf Fremde wunderlich wirkt und auch manche Ticks hat, das mag sein, aber er ist kein böser Mensch. Weißt du noch, wie er auf den Baum geklettert ist um die Katze zu retten? Am Ende musste die Feuerwehr ihn herunterholen, die Katze hatte schon längst die Flucht ergriffen. Würde so jemand…

Ich erzähle und erzähle, entschuldigt, was war eure Frage…Ronalds Schlüsselanhänger? Was meinst du konkret Kristin? Das geflochtene Zöpfchen? Das ist von mir. Wie gesagt, Judy und ich sahen uns sehr ähnlich, als ich mir vor Jahren die Haare abschnitt, bekam er dies von mir als Geschenk. Die wilden 60er waren vorbei, die noch wilderen 70er, waren für die nächste Generation, wir gingen andere Wege, das ist ein Relikt aus dieser Zeit, es freut mich, dass er es noch immer bei

sich trägt, das zeigt, dass ich ihm noch etwas bedeute.
Und wegen dieser Sache kamt ihr extra hier hinauf?
Das hätte doch auch ein Anruf geklärt. Manchmal
glaube ich, die Polizei hat zu wenig zu tun. Aber es war
schön, dich mal wieder zu sehen Kristin. Grüß mir deine
Eltern, die hab ich schon ewig nicht mehr gesehen…"
Ein Düsenjäger schoss gerade über unsere Köpfe hinweg
und nahm meine Antwort mit. Ich war froh darüber.
Mrs. Meyer lächelte nur und brachte uns wieder an das
Tor und verabschiedete uns. Die Wachmänner blickten
böse und drehten uns schnell den Rücken zu, als wir ins
Auto stiegen und zurück ins Office fuhren.
„Ich hätte es gerne selbst gesehen."

Düsenjäger schneller Schall,
ich erinnere mich an dich,
da war ein Lächeln und ein Nachmittag,
der uns und für einen Moment verband,
zu Freunden machte,
die Dinge beschworen,
was nur Kinder vermochten,
an einem Sommer,
irgendwann,
zwischen Erwartung und Vergessen.

Kapitel 6 - In diesen Wänden ist keine Heimat

Der Samstag war eine Lüge. „Viel Spaß mit deiner Klasse
heute, ich finde es schön, dass ihr euch auch mal
außerhalb der Schulzeiten trefft. Veronica und Steve
können ja gerne mal zu Besuch kommen. Ich denke,
wir würden uns gut verstehen und das Haus würde sich
auch über neue Stimmen freuen. Mein Ma ist fest davon
überzeugt, dass Wände ein Gedächtnis haben, Stimmen
und Stimmungen speichern und sie von Zeit zu Zeit
wieder zurück in den Raum schwingen. Lach nicht.
Ich finde den Gedanken gar nicht so esoterisch,
auch wenn er etwas nach Sandelholz duftet. Sollen wir
mit dem Essen auf dich warten? Kannst ja schnell
anrufen, wenn du losfährst, dann weiß ich Bescheid.
Ich werde den Nachmittag mit neuen Songs verbringen.
Wir haben ja jetzt einen Vertrag zu erfüllen. Bis später…"
Ich wünschte, ich hätte deine letzten Worte nicht
gehört, doch sie waren gesagt und sie machten den Tag
so schwer, unsichtbare Dinge sichtbar.
Während der Fahrt, spielte ich nicht nur einmal mit dem
Gedanken umzudrehen, oder weiterzufahren, weiter,
immer weiter, bis sich ein neues Zielgefühl einstellt,
das irgendwie vertraut, sichtbar wird, in einer Ausfahrt
in Meeresnähe.
Stacy stand schon am Parkplatz. Es wehte ein sanfter
Wind, der Kleid und Haar in einer Wellenbewegung
zeichnete. Das ganze Bild war ein Klischee. Ihr rotes
Kleid, die rote Schleife, die ihr Haar in einen Pferdeschwanz zog, die Sonnenbrille, die roten Schuhe,

die roten Lippen, alles Ton in Ton, ein bewegtes Poster aus einem 50er Jahre Herrenmagazin.

„Du bist pünktlich, so kenn ich dich gar nicht.
Schöne Grüße von Dad, ich war vorhin noch bei ihm, macht wohl Überstunden. Die macht er nur, wenn er in einer Sackgasse ist. Gut siehst du aus, aber die Brille ist neu oder, sitzt ein wenig locker, aber steht dir.
Wollen wir vorher noch ein wenig in die Stadt, wenn wir schon mal hier sind, also ich, bin mal froh keine Mall zu sehen. New York? Ist mir viel zu groß. Für Mum ist es das Paradies, ich fühl mich dort ziemlich verloren, ich hab es gerne übersichtlich. Hast schon was gefrühstückt? Ich nicht. Leistest mir trotzdem Gesellschaft?"
Wir setzten uns in ein Cafe in der Nähe des Rathauses, es hatte einen französischen Namen und diese französischen Blätterteig Hörnchen, die ich mir dann doch bestellte, als sie Stacy mit mehreren „Mhmms" genüsslich verspeiste. „Ja klar, tunk ein... ja in den Kaffee...schmeckt himmlisch, oder? Du, weiß eigentlich Yasmeen, dass wir uns heute treffen?
Ich hatte bei der Beerdigung das Gefühl, dass sie mich nicht wirklich mochte, der Eindruck kann natürlich täuschen, ich mein, an Beerdigungen ist man immer anders, war ich wahrscheinlich auch. Aber der Vibe war schon eher...abweisend. Warte mal, du hast da...nein... darf ich...ja Croissants und Mundwinkel...die gehören zusammen. Also sie weiß es nicht...ja vielleicht ist es besser so. Was hast du ihr gesagt? Treffen mit Schulfreunden? Wirklich? Das hat sie geglaubt?
Das klingt aber schon sehr nach Ausrede, oder?

Ich mein, wer hat denn an einem freien Wochenende Lust auf seine Klassenkameraden? Ich bestimmt nicht. Themawechsel? Ok. Bei mir? Ehrlich…ziemlich mau. Ich mein, New York, hat echt, echt schöne Menschen, aber ich habe das Gefühl dort herrscht eine ähnliche Kastenordnung wie in Indien. Dort war ich ja gleich nach der Highschool. Dachte, mir tät ein wenig Erleuchtung gut…ich hatte Wochenlang Durchfall, keine Ahnung was das war, da grummelt mir gleich mein Bauch, wenn ich daran denke. Oh Mann, das war was. Aber ich glaube ich muss trotzdem mal schnell…" Ihr Pferdeschwanz wippte wie das Pendel einer Standuhr im Zeitraffer, Spatzen flatterten auf, die unter den Tischen lauerten und die Ritzen des Kopfsteinpflasters nach Krümeln durchsuchten. Stacys Parfum roch fruchtig und ich bin mir nicht sicher ob es die Marmelade oder ihr Duft war, der die Wespen zog. Es verdrängte für einen Moment den Gedanken an dich, all dies machte mich leicht, so leicht, wie ich mich vor Kirks Tod nicht mehr fühlte. Vielleicht gab ich dir für all dies eine Mitschuld, die Versuchung, welche dein Koffer auslöste und dann all die Geschehnisse in Gang setzte…und jetzt bist du da und erinnerst mich täglich an all den Mist, den ich jeden Tag von Neuem zu verdrängen versuche…ich… „Hey du, Erde an Kristin, sollen wir zahlen? Bist ja ganz in Ge-danken, ich bring dich gleich auf Andere. Kannst mich gleich beraten, ich brauch neue Dessous. In New York, ist mir das zu teuer…lass stecken, ich zahl schon. Du kannst mich dann zum Mittagessen einladen."

Ich vergaß dich anzurufen, stieg irgendwann ins Auto,
zögerte den Moment immer wieder hinaus.
Bis mich Stacy zurück ins Auto schob. „Du fährst jetzt,
jemand wartet auf dich. Es war schön. Wirklich.
Und ich hoffe es war keine Einmaligkeit. Ich sollte Dad
öfter besuchen. Ich möchte nicht, dass er wunderlich
wird. Einsame Menschen, werden das ganz schnell.
Noch hat er seine Arbeit, die hält ihn aufrecht,
aber ich kenn ihn. Am Tag der Beerdigung,
als ich bei ihm war und seine Wohnung sah, machte ich
mir echt Sorgen. Nein, er trinkt nicht, noch nicht,
aber er kümmert sich auch nicht. Alles dunkel,
alles muffig, die Pflanzen staubig, die Regale,
nur die Platten, schön in Plastikhüllen, damit sie keinen
Staub ansetzen…bitte schau ab und zu auf ihn,
kannst ihm auch was sagen, wenn er mal arg nach
Schweiß riecht, das verträgt er schon. Ich hab an dem
Tag zum ersten Mal mit ihm ein Bier getrunken,
er hat es nur bis zur Hälfte getrunken und ist dann
eingeschlafen. Das alles macht ihn müde und alt.
Bitte pass auf ihn auf. Und du auf dich…"
Dann küsste sie mich. Auf die Wange. Flüchtig nur,
doch lange genug um alles umzuwerfen. Sie schloss die
Fahrertür und winkte, bevor sie Richtung Polizeioffice
ging. Ich fuhr neben ihr, kurbelte das Fenster hinunter
und fragte, ob ich sie mitnehmen soll…
„Fahr endlich nach Hause. Jemand wartet auf dich…"

In diesen Wänden ist keine Heimat,
eine Sammlung von Schatten,
scheue und mutige,
die Ängste riechen,
sich zu Türmen schichten,
wenn sie zu klein.
In diesen Wänden ist keine Heimat,
nur ein dunkles Ich,
das von Lichtern träumt,
Lichterketten, Weihnachtlich.

Kapitel 7 - Verzeih mir meine Zweifel

Später Nachmittag, du warst in deinem Zimmer.
Ich hörte dich schon in der Einfahrt. Obwohl mancher
Nachbar seinen Samstag zur Autowäsche oder zum
Rasenmähen nutzte, drangen deine kristallenen Harfen-
melodien durch das weiße Rauschen des Alltags.
Erst als ich an deine Zimmertür klopfte verloren sie sich
in der Stille. „Du bist schon zurück? Ich habe mit Abend
gerechnet. Nein ich beklag mich nicht, im Gegenteil,
schön, dass du da bist. Du kommst gerade richtig,
das neue Stück wartet auf deine Gitarre, oder deine
Stimme, oder was auch immer du ihm geben möchtest.
Heute kein Kuss?" Das Lied war schön,
vor allem der Text:

Verzeih mir meine Zweifel,
sie sind noch jung,
verstehen nicht,
beschweren nur,
das Flügelleichte,
das ich üben möchte,
auch ohne dich,
gib mir Zeit,
damit ich die Segel meiner Schatten,
wieder einhole,
ich nicht mehr haltlos treibe,
wo man nicht mehr auf mich wartet.

Ich versuchte mich an der zweiten Stimme,
die sich immer wieder an deiner Führung rieb.
Bemüht, es klang bemüht, bemängelte dieser strenge
Lehrer, der ständig über meine Schulter blickte,
bevor ein erster Lehrer es zaghaft tat. Wir legten eine
Pause ein. „Ist alles in Ordnung, du wirkst heute so…
abwesend. Beschäftigt dich etwas. Entschuldige,
natürlich tut es das. Ich dachte die Musik wäre eine gute
Eigenschaft des Verdrängens. Im Moment träume ich
unglaublich wirr, wahrscheinlich trägt sich viel davon
in unseren Alltag, ich sollte mit Eagle darüber sprechen,
das ist nicht gut. Meiner Ma? Wie kommst du jetzt auf
sie? Mit ihr hab ich schon darüber gesprochen, aber es
sind halt diese typischen Mutterantworten: wird schon,
der Mond, zuviel Schokolade oder Käse vor dem
Schlafengehen, deine Tage, die neue Stadt, das Wetter,
ach es gibt so viele Gründe, dass ich mir jeden Tag einen
neuen davon aussuchen könnte, der zwar kurzzeitig
betäubt, aber die nächste Nacht nicht bewältigt.
Was ich träume? Ich hab's dir doch schon erzählt,
ja immer noch der Traum, in minimaler Variation,
das macht echt mürbe, als ob es nur den Einen in
meinem Unterbewusstsein gäbe…da muss doch noch
mehr sein, mein Tag ist voller Eindrücke, wo sind die
hin? Es sind jetzt 3 Songs, es sollten mindestens 8 sein,
bis Ende nächsten Monats, dann ist das Studio gebucht.
Klar, hab ich auch alte Sachen im Hinterkopf,
aber es wäre schön, wenn wir etwas Neues schaffen
könnten, aus unserem Wir heraus, sonst wäre es so ein
typisches Soloding mit etwas Hilfe, das möchte ich nicht.

Das heute war doch schon ganz gut, schau nicht so,
ich meine das ernst…morgen haben wir den ganzen Tag,
also nicht den ganzen, die Nachbarn ertragen so viel
Melancholie nicht, vor allem nicht am Sonntag, dessen
Melancholie wohl die Schönste ist. Essen? Essen."

Es ist Sonntag. Ich mochte ihn nicht. Er war mir zu still.
Nicht weil alle leise waren, irgendwas wirkte durch die
Herzen, drängte die Gedanken zu bleiben.
Vielleicht war ich dort zu oft, dass ich mir einen Tag
Ausgang wünschte. Doch alle gingen oder sprachen in
derselben Geschwindigkeit, als läge ein Zauber über
der Stadt. Nur Eagle und Bone konnten sich diesem
entziehen, werkelten und diskutierten, als wäre der Tag
ohne Namen, ohne Nummerierung, ein Klötzchen unter
Vielen. Wir gingen zu Kirk. Du hieltst meine Hand,
es tat gut. Carol war bei Lenny, wir würden sie auf dem
Rückweg abholen. Der Friedhof und der Kirchplatz
waren leer. Jene die glauben, waren vormittags hier,
die anderen Stunden, gehören den Unsichtbaren.
Es dämmerte schon, die Vögel sangen ihr Abendlied,
es erinnerte mich stets an den Morgen, aber Nuancen
färbten es anders, dunkler. Vor ein paar Wochen lieferten
sie den Stein, mir ist er zu dunkel, Carol ist er zu hell.
Ich denke Kirk würde er gefallen, er mochte, was wir
nicht mochten. Kränze wichen einer nichtssagenden
Topfpflanze, pflegeleicht aber nicht schön. Ich glaube
Mum, war mal hier und hat hier Ordnung gemacht,
seit der Beerdigung haben wir nicht mehr voneinander
gehört. Carol umgeht das Thema Mum, Dad, weitläufig.

Sie weiß mehr, es ist gut, dass ich es nicht weiß.

Ich habe Kopfschmerzen, die Brille ist noch ein Fremdkörper, aber meine Welt ist ohne Schleier. Endlich. Du sprachst ein Gebet. Leise, mit gefalteten Händen. Dein Glaube berührt mich, auch wenn er mir fern ist. Ich lasse dich einen Moment, hole und fülle eine Gieskanne und füttere das durstige Etwas in der Mitte des Erdhaufens. Du bringst sie zurück. Ein Moment für mich und Kirk. Er schweigt. Obwohl wir Zeichen verabredet hatten, dass es uns gut geht, dort wo wir dann sind. Vielleicht ist er nirgends. Keine Zeichen. Vielleicht sind es zu viele und ich kann sie nicht deuten. Ich hoffe auf dies. Möchte es glauben, schaffe es aber nicht. Du greifst wieder meine Hand, wir zünden die Kerze an. Wir waren hier, vielleicht sah er uns, vielleicht spürte er uns…und spürte, was ich weniger fühlte, als die Hand, die mich hielt.

Kapitel 8 - Die älter sind

Zuhause bemerke ich im Spiegel Stacys Lippenstift auf meiner Wange. Er ist längst zu einem flächigen Rot verrieben. Keine Lippen, vielleicht ein Ausschlag, vielleicht die Scham, die manchmal lauter ist als ihr Geheimnis. Du sagtest nichts. Vielleicht hast du es nicht bemerkt oder nur freundlich geschwiegen. Ich freue mich auf Montag und seine nüchterne, geschäftige Art, nachzuholen, was die Tage zuvor nicht möglich war. Es sind Alltäglichkeiten vor denen ich flüchte und doch beruhigen sie mich, wenn sie den Sonntag wieder zurück in die Normalität führen. Ein Normalität die tröstet, nichts tröstet mehr als dieses getaktete Herz. Da ist noch ein Himmel, den ich nicht sah, ich erhoffte ihn bei dir. Du schläfst bereits, ich lege mich neben dich. Habe Angst dich zu berühren, könnte mehr wecken, als einen angefangen Traum. Ich forme mich zu einer Kugel, hoffe ich bin keiner Kante Widerstand, einfach nur stummer Schlaf, ohne Bilder, ohne die Last unfertiger Gedanken. Eine schwarze Murmel auf ihrer Bahn durch die Nacht.

„Deine Augenringe werden durch die Brille eher gerahmt, Kristin, unauffällig ist anders. Willst sie heute nicht abnehmen? Wie war das Treffen mit Stacy? Sie war noch kurz bei mir. Hab sie lange nicht mehr so leicht erlebt. Anscheinend war es gut, oder täusche ich mich? Nicht? Musst nicht darüber reden. Wir haben genug zu tun. Am Wochenende war einiges los.

Die Scheiben aller Bushaltestellen hier im Stadtteil wurden eingeworfen, das zersplitterte Glas sah aus wie aufgehäuftes Eis. Idioten. Einfach nur aus Lust auf Zerstörung. Ja, oder auf Scherben. Als hätten wir nicht selbst genug. Heute gehen wir in den Wald.
Ja, zieh deine Stiefel an, wie begutachten noch mal den Abstellort. Von was? Na sag mal. Vom Wagen des Journalisten natürlich. Setz die Brille besser wieder auf, vielleicht hilft sie beim Denken. Nachher durchforsten wir seinen Blätterwald, den er uns hinterlassen hat, unglaublich, dass er sich in den hunderten von Zetteln zurechtfand. Ich dachte schon, ich wäre speziell, also was meine Ablage angeht, aber das…Dann mal los."

„Was treibt euch denn hier her? Ich fahr jetzt zu Dad. Er ist ein bisschen verschnupft. Ich sag immer, zieh dir deine Weste über, der Winter schleicht noch umher, aber nein, Hemd genügt. Sturer Bock. Dann leidet er wie ein Kind. Ihr solltet ihn mal hören, wenn ich krank bin… der Fuß? Geht schon, also er. Ich nehm auch wieder die Leiter. Ja die Katze ist wieder da, sehr zur Freude meiner Untermieterin, sie ist seitdem wieder viel entspannter, lässt mich auch ohne Kommentar die Leiter auf- und absteigen. Tiere haben einen guten Einfluss, Katzen insbesondere. Ich muss los, sonst stirbt Dad einen weiteren Tod. Mir ist nichts aufgefallen, nein, außer die üblichen Journalisten, aber die ist man in dieser Stadt ja inzwischen gewohnt, leider, es war mal ruhig hier. Aber jetzt bekommt die Stadt was sie verdient, vielleicht muss man die Menschen ab- und an mit neuen Geschichten an die Alten erinnern, ehe sie vergessen werden. Der da oben, weiß schon was er tut. Auch wenn es uns nicht gefällt…aber muss es das? Haben wir ein Recht darauf? Ja, sag ich ihr. Bis bald!"

Im Wald war es kühl, es tropfte noch Tau von Ast und Blatt. Gestern hatte wohl jemand gegrillt, die Glut noch nicht ganz erloschen, es roch nach Rauch und Erbrochenem. „Pass auf wo du hintrittst. Da hatte wohl jemand zu viel Bier, oder…was weiß ich, auf jeden Fall zu viel. Da hinten ist es. Die Kollegen haben ganze Arbeit geleistet, so aufgeräumt war es hier wohl noch nie. Das macht es für uns leichter zu sehen, wo sie noch nicht waren. Du nimmst die Seite, ich diese.
Ich geb dir noch ein paar Plastikbeutel. Alles rein, was du findest, außer wenn der Rost schon zu fleißig war. Wir sind keine Archäologen." Ich mochte diese Seite des Waldes nicht, ich mochte sie generell nicht.
Ich bin ein Küstenmensch. Wellen, Wind, Surfbrett. Wälder begrenzen mich. Machen mich noch enger.
Und er zieht Verrückte. Wahrscheinlich weil hier die Schatten nicht so wählerisch sind. Das Meer zieht die Schwermütigen und die Verliebten, die Abenteurer und Freiheitskämpfer…der Wald…sucht jene die etwas verbergen wollen und verbirgt sie…Verbündeter der Unsichtbaren. Erstes Grün stemmt das Laub.
Zeigt Schneeglöckchen und Märzenbecher, Knospen überall und verborgenes Leben, das raschelt, krabbelt und kriecht. Plötzlich stand ich vor einem Zelt. Ich war so auf den Boden konzentriert, dass ich beinahe

dagegen rempelte. Es war blendend weiß. Ich suchte nach dem Eingang. Ich weiß nicht, wie oft ich um das Zelt herumlief, bis ich den zugeknöpften Schlitz fand. Niemand antwortete, als ich auf die Haut klopfte, als sei es die Flanke eines Pferdes und mich mit mehreren „Hallos" bemerkbar machte. Dann öffnete ich die Schlaufen. Ob es weißes Holz, oder Hühnerknochen waren, ich wollte es gar nicht so genau wissen. Im Zeltinneren lag ein Stapel Papier, beschwert mit einem Stein. Sonst nichts. Der Rauchabzug, dort wo sich die Stangen kreuzen, ließ Licht ein und rückte den Stapel in seinen Lichtkegel. Ich nahm ihn an mich und wollte geradewegs Richtung Häuser das Zelt verlassen, doch es ließ mich nicht. Es drückte mich in eine Richtung, es war dieselbe aus der ich kam. Also lief ich so oft um das Zelt bis ich wieder den alten Weg einschlagen konnte. Jetzt erst bemerkte ich kleine schwarze Dreiecke auf der weißen Plane. Sie bedeckten das Zelt wie Sommersprossen. „Kristin bist du da? Mensch sag doch was, seit einer halben Stunde brüll ich mich heiser. Ich dachte schon, du hättest dich verirrt und müsste die Hundestaffel anfordern. Gott sei Dank. Was hast du da…ein Zelt. Wo?" Natürlich, war es verschwunden als wir an den Ort zurückgingen. Vielleicht irrte ich mich auch…aber der Boden verriet meine Schritte und zeigte, den Kreis den ich lief. „Nein, das war keine Einbildung. Dem schwarzen Tipi, bin ich auch schon begegnet. Glauben wird uns das niemand. Außer Nathalie, sie war dabei…aber sonst…ist vielleicht auch besser

so, wenn wir dies für uns behalten, sonst sind wir bald
Gustavs Zimmernachbarn. Ein weißes Tipi?
Und das lag darin. Das schauen wir uns im Office an.
Nicht hier. Ich traue hier weder dem Wald, noch den
Menschen, die an ihm grenzen."

Geschichten, die älter sind als Meine,
möchten erzählt sein,
möchten bleiben,
drängen sich nach vorne,
mein Rücken ist nicht mehr Schutz,
auch das Gestern nicht
und all das Laute,
das Heute spricht.

Kapitel 9 - Und doch Wahrheit sprechen

Leo verschloss seine Bürotür. „Traue niemandem.
Jene die das Gegenteil von dem Suchen, was du suchst,
sind stets in der Überzahl. Wahrheiten waren schon
immer angreifbar. Aber auch wir sehen nicht das
Ganze, können nur Teil sein und je unberechenbarer
dieser ist, desto größer ist unser Vorsprung.
Um das geht's. Jetzt zeig mal den Stapel. Der ist ja leer.
Leere Blätter. Blöde Frage, aber stand vorher etwas
drauf? Du hast sie einfach gegriffen. Gut, das heißt
schlecht. Aber sie fühlen sich seltsam an. Fühl mal.
Als ob da eine Wachsschicht wäre. Reich mir mal die
Kerze und die Streichholzschachtel. Danke.
Ich kenn das noch aus meiner Pfadfinderzeit. Ja ich war
auch bei Fähnlein Fieselschweif. So einen Onkel hätte
ich mir auch gewünscht, beide. Die fehlenden Abenteuer
meiner Kindheit, habe ich jetzt. Nur das schlaue Buch,
hab ich bis heute nicht. So, Kerze an und dann wollen
wir mal sehen, ob ich richtig liege. Geheimbotschaften
mit Zitrone, kennst du nicht? Ich mach mir langsam
Sorgen um eure Kindheit, was habt ihr so gemacht?"
Ich wollte schon antworten, dass er doch auch Vater
einer gleichaltrigen Tochter ist. Ich biss mir auf die
Lippen, denn die Verletzung stand schon im Raum und
sollte nicht noch ausgesprochen werden. Keine Schrift.
Nur Papier, das sich nicht wie Papier anfühlte.
Dies machte das Geheimnis größer. „Zeig mal den Stein,
schau, nicht bemerkt? Da ist etwas aufgemalt." Eagle.
Es war einer dieser bemalten Steine,

den Stammesangehörige tauschen. Er war auf beiden Seiten bemalt, aber beide Motive schon so verblichen, dass sie alles sein konnten. „Gut, dann lass uns zu Eagle fahren. Ein Kommen und Gehen heute und wo sind meine Donuts? Wir halten kurz, bist eingeladen. Finderlohn."

Schweigen und doch Wahrheit sprechen,
ich bin noch nicht müde,
nur verschwenderisch mit der Stille,
die heute Argumente bringt,
das Wort zu lassen,
das uns vergibt.
Morgen!
Heute noch der Gerechtigkeit alte Last,
die an Widersprüchen leidet,
während wir warten.

„Gesundheit!" „Ja, ja. Geht schon. Es blüht ja alles. Haselnusssträucher, ganz schlimm." „Dad, gibs doch einfach zu, du hast dir eine Erkältung eingefangen, dazu kann man doch stehen…" „Ach Sohn…sei froh, dass wir Besuch haben. Yasmeen ist gerade nach Hause, falls ihr sie sucht. Ihr wollt zu mir? Bone, holst du mir mal ein Taschentuch, nein nicht die aus Papier, das aus der Schublade…Also, worum geht's. Hast du den Stein dabei…? Ja, das ist…woher habt ihr ihn…ein weißes Tipi sagst du. Gut, das ist sehr gut. Endlich. War noch was etwas dabei…Blätter. Darf ich? Bone, danke.
Sieh dir das an, du weißt was das ist?"

„Haben wir nicht erst darüber gesprochen, weil du davon geträumt…" „Es ist ein gutes Zeichen. Könnt ihr mir das überlassen? Keine Angst, wenn ihr es wieder benötigt, bekommt ihr es unversehrt zurück, außer…, der Stein, der ist Stammeseigentum. Nein, das gehört sicher nicht dem Journalisten, das kann ich euch versichern. Indianerehrenwort. Das darf nur ich sagen und Bone. Von euch niemand, verstanden?" Eagle lachte und hustete und das mehrmals im Wechsel.

„Besucht mich in ein paar Tagen wieder. Eure Aufgabe ist es jetzt, mir alle Dreiecke zu bringen, die ihr noch finden könnt. Ich weiß einige sind vernichtet, aber ihr habt noch einige in euren Plastiktüten. Ich benötige sie alle. Euch werden sie nicht von Nutzen sein. Bringt mir, was ihr noch habt und was ihr findet, von allen Leuten in dieser Stadt.

Das ist eure Aufgabe, ich, mach mir jetzt einen Tee. Bone, du hilfst mir!"

„Dann weiß ich jetzt schon, was ich die nächsten Tage tun darf. Also Bone und ich. Wie hat es sich in dem Zelt angefühlt, hattest du Angst?" Ich wusste es nicht. Da war kein Gefühl, ich reagierte, tat was nützlich erschien. Du hattest rote Wangen, du warst viel in der Sonne. „Ich muss mich erst an eure Wärme gewöhnen. Bei euch geht das ja von Null auf Hundert. Kaum ist der Schnee weg, ist es gefühlt Sommer, zumindest für Europäer. Eagle hat das Wetter wohl auch unterschätzt, schnieft und hustet die ganze Zeit. Tut mir irgendwie Leid, aber Hilfe oder Ratschläge möchte er nicht,

er ist derjenige der sie gibt. Die schwarzen Dreiecke?
Ja ich glaube ich hab sie noch, brauchst du sie? Eagle?
Dann hat es wohl einen tieferen Sinn. Carol hatte doch
eines im Tagebuch… Ich hab vorhin noch mal an dem
Song gebastelt, möchtest du ihn hören? Ich glaube er
wird gut, also so richtig gut…Dann später, vielleicht?"

Ich ging noch mal hinaus. Ein Spaziergang. Das Rot war
schon verschwunden. Das Nachtblau war noch nicht ins
Sternenschwarz gereift. Eine Telefonzelle. Sie roch nach
Urin, die Tasten schmierig. Das Telefonbuch offen,
Seiten herausgerissen. Stacys Nummer kann ich
auswendig. „Hallo? Hey. Das ist ja eine Überraschung,
du hast Glück, ich war gerade auf dem Sprung.
Mit ein paar Freundinnen einen Film schauen,
„Highlander," puh, die silbernen Augen von Christopher
Lambert, in Großaufnahme, komm schon,
welche Frau möchte das nicht sehen…du nicht?
Manchmal bist du seltsam. Welche Augen möchtest du
denn sehen? Meine…? ….Du, ich muss jetzt los,
danke dir für den An…" Dann war sie weg.
Ich hätte es nicht sagen dürfen. Nicht jetzt. Nie.

Kapitel 10 - Am Strand, ein verirrter Wal

Ich wollte weg von den Wäldern, von den felsigen
Rahmen, den bekannten Gesichtern, den Pflichten die
sich jeden Tag wiederholten. Ich wollte weg von dir.
Ich wollte weg von mir. Der Tümpel, der mir seit
Kindertagen Meer war, vergiftet und verschwunden.
Dieser Durst nach verdünntem Salz, erhalten,
er verfolgt mich bis in meine Träume. Wir sprachen
nicht mehr viel. Dein neuer Song machte mich traurig,
er rührte an einer Wahrheit die ich nicht hören wollte,
aber kannte. Es fehlten noch die Worte, er hätte sie nicht
benötigt.
Es war alles gesagt. Und doch zog die Melodie an
Worten, solange, bis ich zu Stift und Zettel griff und
nachts aufstand um sie zu halten.

Am Strand, ein verirrter Wal,
der Wahrheit spricht,
die älter ist,
als ich,
verzeih mir meine Zweifel,
in diesen Wänden ist keine Heimat,
Düsenjäger schneller als der Schall,
sehe den Stift nur gleiten
und Rückkehr,
Heimweh auch,
Streifen am Himmel,
ein leerer Akkord,
zwischen unseren Herzen gespannt.

Bevor ich ging, legte ich dir den Text und unsere
Dreiecke auf deinen Frühstücksteller, ich weiß,
du würdest nicht mehr von ihm essen, der Gedanke kam
erst, als ich schon im Auto saß. Meine Gedanken
arbeiten nur mehr verzögert, wir schreiben heute eine
Arbeit in Anatomie. Ich habe nicht gelernt, versuche
mich zu erinnern. Überall steht diese Frau mit ihrem
roten Kleid. Liegt auf dem Seziertisch und ich schneide
ihr Kleid auf, mit einer dieser Scheren, mit denen man
den Gips von den geheilten Stellen trennt.
Ich möchte es nicht sehen, doch ich starre und fahre über
Rot. Das Hupen des abbremsenden Wagens riss mich
zurück in meine Verantwortung.
Steve und Veronica waren natürlich vorbereitet.
Stellten sich gegenseitig Fragen, von denen ich nur Eine
beantworten konnte. Für eine Krankmeldung war es
zu spät. Vielleicht wird es auch nur halb so schlimm,
es ist ja nicht die erste Prüfung, die ich verdrängt hatte.
Die Dozentin wunderte sich über meine frühe Abgabe.
„Schau doch noch mal drüber Kristin, der Aufbau des
Herzens, das weißt du doch…" Eine dunkle Höhle,
die verschlingt, nichts mehr herausgibt, außer diesen
Knochenhaufen, den wir mit uns herumtragen,
der klappert, wenn uns jemand aus dieser Höhle heraus
anblickt und uns bittet…immer wieder bittet.
Ich war die Erste die draußen stand. Aus den gekippten
Fenstern drang diese drückende Stille, wenn sich Wissen
einen Weg bahnte. Ich rannte zum Parkplatz, vor einem
weißen Cabrio lehnte Stacy. „Überraschung gelungen?
Schau nicht so, ich bin kein Geist.

Dad verriet mir, dass du heute einen Test schreibst
und dich vielleicht freuen würdest…und dein Anruf
gestern… Was möchtest du machen? Ans Meer?
Das ist zwei Stunden entfernt…Ich seh schon,
es ist dir ernst. Dann los. Ich muss heute wieder zurück
und du sicher auch. Willst du Yasmeen noch Bescheid
sagen, vielleicht will sie ja mit…
Sicher? Dann steig ein."

Du kommst nicht zurück,
ich weiß es,
die Wellen schleichen,
werden schneller,
wenn ich in den Ozean steige
und seinem aufgeschäumten Himmel,
der nimmt und gibt,
Wolken verbinden Wunden,
die blutig,
aber nicht gefährlich sind.

Kapitel 1 – Du kommst nicht zurück

„Dad, Stacy hier. Du, ich muss schnell machen,
ich hab nicht so viele Münzen. Wir bleiben bis morgen,
sind am Meer. Ja, uns geht's gut. Sei mir, sei Kristin nicht
böse, ich glaube es tut ihr gut. Mir auch. Hab dich lieb.
Bis morgen."
Meine Schuhe drücken, meist am Abend. Sie schwellen
wie verheulte Augen. Ich bin heute nicht vorbereitet auf
Dummheiten. Ich mag keine Lügen, dies war keine und
trotzdem ärgere ich mich. Ich mache weiter, gehe in die
Reservatenkammer, suche nach den Tütchen mit den
Dreiecken, werde schnell fündig. Meine Kollegen hier
unten arbeiten ordentlich, manchmal könnte ich einen
von ihnen oben bei mir benötigen. Doch die wollen
nicht weg aus ihrem Dungeon. Im Sommer ist er der
angenehmste Ort im Gebäude. Im Winter so gut wie nie
besetzt, weil die Mitarbeiter krank Zuhause liegen,
immer knapp an der Lungenentzündung vorbei.
Ich staune über die Menge an diesen kleinen Schablonen,
die wir über Tage an dem Ort sammelten. Sie sprossen
wie ein Ausschlag, man konnte sie zwar Gustav
zuordnen, aber sie wucherten nach seiner Festnahme
weiter. Ich schließe die Tütchen in meine Schublade.
Und mache einen Termin mit dem Löwen und der Klinik
aus, wir benötigen ein weiteres Gespräch mit Gustav.
Mr. Meyer wehrt sich erst vehement, verweist auf seinen
Anwalt, aber die Aussicht auf eine Hafterleichterung
lässt ihn zähneknirschend zustimmen. Er möchte gleich
morgen, ich bin überrascht, muss ihn vertrösten,

weil Kristin fehlt. Da ist sie wieder, die Wut.

Ich bin froh, dass die Uhr heute sprintet.

Die Donuts sind aufgebraucht, ebenso meine gute
Laune. Auf dem Heimweg schaue ich bei Eagle vorbei.
Er kehrt gerade die Stufen seiner Veranda. „Leo, ich
möchte nicht behaupten, dass mir deine Besuche
unangenehm wären, aber die Häufigkeit verkrault mir
die Kundschaft. Du weißt, die dort oben reden.

Das Geschäft mit der neuen Küche läuft gut. Woo macht
einen tollen Job. Ich hab auch schon etwas abgenommen,
die Hosen sitzen locker ich brauch bald Hosenträger,
wie sie die alten Menschen tragen. Gürtel trag ich nicht.
Da bekomm ich Bauchschmerzen. Was…ah,
die Dreiecke. Sind das alle? Hast du schon die Bewohner
gefragt? Die haben sicher auch noch welche.

Ich benötige alle. Alle die du auftreiben und finden
kannst. Nein ich kann's dir nicht erklären.

Aber vertrau mir. Bone und Yasmeen habe ich heute
auch schon losgeschickt, sie waren fleißig aber nur
mäßig erfolgreich. Morgen dürfen sie wieder.

Ach, die paar Busse schaff ich schon, es ist eh immer
dasselbe was ich erzähle, manchmal baue ich Lügen ein,
ganz Offensichtliche. Meinst du, jemand bemerkt es?
Die wollen gaffen, nicht hören. Was es zu hören gibt,
gibt es auch zu lesen. Das Auge möchte mehr.

Aber sie zahlen gut und die gute Küche spricht sich rum.
War's das? Ich bin müde. Ich befürchte bis Morgen?
Bis morgen."

Du kommst nicht zurück,
Federn, die jetzt flüstern,
nicht mehr Flug,
nur mehr Gleiten,
golden noch was heilig,
Rückkehr erdfarben,
ocker, es war mal grün.

Wheelers Hotel, jetzt ein namenloser Klotz, war der
Anfang, dann fuhr ich hinauf bis zu Meyers Anwesen,
klingelte an den immergleichen Türen, in den
immergleichen Vorgärten, selbst die Namen waren sich
so ähnlich, dass ich den Briefträger bedauerte, der sich
hier orientieren musste. Die meisten Bewohner hatten
die ▲ längst entsorgt oder in den Kamin geworfen.
Sie fürchteten sich vor diesen kleinen Dingern,
die an den seltsamsten Orten auftauchten, an denen
sonst niemand Zutritt hatte. Der Wind, war stets die
Begründung, beweisen konnte es niemand.
Meine Ausbeute in der Straße waren ganze 9 Stück,
ich sollte mich an den Pastor wenden, der bereits um
eine Kollekte der ▲ bat. „Sheriff Leo, schön sie mal
wieder zu sehen. Bei einem Gottesdienst wäre die
Freude zwar größer, aber was führt sie zu später Stunde
noch zu mir? Die ▲? Ich muss zugeben,
das ist ein Thema, welches ich schon mehrmals mit der
Gemeinde und auch der Polizei besprochen hatte,
ihre Kollegen waren dahingehend wenig sensibel,
machten sich sogar einen flapsigen Spaß daraus,
meinten, wir sollten dankbar sein, dass mal wieder

Wunder geschehen. Eigentlich wäre doch die Kirche und nicht die Polizei für solche Dinge zuständig. Das war die Aussage ihrer Kollegen. Und einen Kommentar über die heilige Dreifaltigkeit konnten sie sich auch nicht sparen, so wird man behandelt, wenn man Hilfe benötigt. Natürlich sind diese Dinger längst vernichtet, wir haben sie in der Gemeinde gesammelt und entsprechend unserer Riten verbrannt. In dieser Stadt geschehen immer wieder seltsame Dinge, ich, genauso wie meine Vorgänger, sind und waren vorbereitet. Ich möchte ehrlich sein, vielleicht verstehen sie es ja, wir leben auf altem Indianerland, dort geschah viel Unrecht, das möchte ich gar nicht bestreiten, aber ihr Glaube war nicht unser Glaube, da wurden vielleicht auch, ganz sicher aus Unwissenheit, Mächte beschworen, die, wie soll ich es vorsichtig ausdrücken, den Unseren konträr sind. Diese sind hier, spürbar hier, dringen immer mal wieder durch, vor allem wenn unser Glaube zu schwach ist. Das ist nicht nur eine Bürde, sondern auch eine Art Korrektiv, so wissen wir als Gemeinde, wir sind zu schwach. Verstehen sie was ich meine? Wir sind nicht froh über die Entwicklung, aber wir sind dankbar dafür, dass sie uns als Gemeinde wieder stärkt. Diese Dinger sind für uns keine Gefahr, aber sie sind ein Zeichen, das etwas nicht stimmt, das sollten wir ernst nehmen und wir wissen uns zu helfen.

Auch wenn wir natürlich gerne mit der Polizei zusammenarbeiten würden, aber sie sieht in uns ein 2000 Jahre altes Relikt, das man an Weihnachten gerne wieder ausgräbt, aber über das Jahr gerne verbuddelt und dann Witze darüber macht.

Ich danke ihnen für die Nachfrage, aber wir haben für uns bereits eine Lösung gefunden, einen schönen Abend noch. Vielleicht sehen wir uns ja am Sonntag, jeder ist Willkommen, auch die Polizei."

Kapitel 2 - Ich weiß es

„Bevor du wütend auf mich bist und mich anschreist,
bitte, Stacy konnte nichts dafür. Es war meine Idee.
Ich habe das Gefühl zu ersticken. Ein schwarzes Kissen,
auf das viele Hände drücken. Es ist alles zuviel.
Das mit Kirk, das mit meiner Mutter, mit Carol,
mit der Schule, mit Yasmeen. Jeder möchte etwas von
mir. Ich möchte einfach nur...ein unkomplizierter Teil
in dem Leben der Anderen sein. Aber ich bin es nicht.
Ich schau jeden Tag in den Spiegel und das was mir
entgegenblickt, ist nicht mehr die Kristin vor einem Jahr.
Außen und Innen. Ich schleiche um mich herum,
gehe mir aus dem Weg, weil ich mich selbst nicht mehr
ertrage. Und Stacy, sie war meine Fluchthelferin,
sie fuhr nur den Fluchtwagen. Der Täter war ich.
Wenn du mich jetzt meiner Ausbildung entbindest...
Ich könnte es verstehen und insgeheim wünsche ich es
mir vielleicht. Damit ich einen Grund habe,
alles hinzuschmeissen. Ich brauche Gründe, Leo,
zu gehen, mehr noch, um zu bleiben."
Ich nahm Kristin in den Arm. Musste aber auch eine
Verwarnung aussprechen. Sie war entschuldigt,
ihr Fehlen angekündigt. Nur der Grund...ich konnte es
in eine offizielle Formalie drehen, die nie einen Grund
für einen Anstoß finden würde. Doch dann müsste ich
mein Büro nicht mehr absperren, ich wäre wie meine
Kollegen. Ich musste mir den Raum erhalten.
Eine Verwarnung, aber kein Versprechen ihrerseits,
es nicht mehr zu tun. „Ich kann es nicht. Yasmeen?

Sie sagt, sie versteht mich. Sie ist so…verständnisvoll.
So schmerzhaft verständnisvoll. Verliebt? Ja das ist sie.
Und ich behandle sie wie…aber ich kann nicht anders.
Sie ist hier, wegen mir, nicht wegen Eagle. Weißt du
wie sehr das drückt, ihre Hand ist die Schwerste auf
dem Kissen. Und das gestern, es tat so gut, das Meer zu
sehen. Ich konnte so viel hineinwerfen. Manches wird es
wieder zurückbringen, das liegt in seiner Natur.
Aber ich fühlte eine Leichtigkeit…ich meinte,
ich hätte sie verloren, verlernt…wenige Augenblicke nur,
aber sie ist noch da, irgendwo, das Meer hat den
Schlüssel…und vielleicht auch Stacy." Morgen würden
wir in die Klinik fahren. Es gab noch viel zu bereden.
Es bedurfte einen Plan und einen klaren Kopf.
Wir mussten die Gefühle hinten anstellen, vor allem
Kristin, sonst wittert der Löwe unsere Unsicherheit,
noch mal werden wir keine Gelegenheit bekommen,
Gustav zu befragen.
Ich reichte Kristin meine Notizen und wir sprachen
darüber, nicht, ohne vorher das Büro abzuschließen.

Was du nicht sagst,
ich weiß es,
es haben schon so viele vor dir gesagt,
mein Mond ist auch der Deine,
es gibt nur diese eine Nacht,
doch die Schatten die sie wirft,
machen uns zu dem,
was Treppabwärts liegt,
nach dem wir greifen,
wenn wir fallen.

Ich suche nach einer Platte, die meine Stimmung
einfängt. Bitte kein Saxophon und keine Posaune,
nichts wo ein nervöser Atem Klänge sucht für ein
nervöses Herz. Ich entscheide mich für eine Sinfonie
von Brahms. T-Bone hat sie mir einmal zum Geburtstag
geschenkt. Ich mochte das Cover, eine Landschaft mit
einer Ruine und einer Mondnacht. Stacy fand es kitschig,
die Musik war mir zu schwer, zu traurig. Ich hörte mir
andere Musik an und starrte auf das Bild.
Das macht man nicht, es fühlte sich falsch an.
Als hörte man seiner Frau zu, während man anderen
Frauen hinterher blickt. Ich gewöhnte mich an die Musik
und jetzt spricht sie zu mir. Es ist meine einzige
klassische Platte. Es war Brahms letzte Sinfonie,
steht hinten drauf. Irgendwie spürt man das und
irgendwie ist es genau das,
was das Ende dieses Tages benötigt.

Kapitel 3 - Die Wellen schleichen

„So, da sind wir wieder. Sheriff Thornton, Ms. Wheeler.
Ich hoffe sehr, dieses Treffen bringt uns einen Schritt
weiter. Sonst wird das Heutige, das letzte Treffen dieser
Art sein und bleiben. Wollen wir starten? Ich hab dann
noch einen Termin. Sie bleiben wieder bei mir, gut."
Gustav sah blass und müde aus. Auch schmaler.
Sie brachten ihn nun ohne Jacke in den Raum.
Kristin blieb mit Mr. Meyer wieder außerhalb des
Aquariums. Er hatte auch diesmal auf juristischen
Beistand verzichtet. „Hallo Mr. Ich kenn sie.
Mir geht es heute nicht so gut. Musste die ganze Nacht
spucken. Die Träume sind nicht gut, das Essen auch
nicht. Mir ist kalt." Seine Augen schlossen sich nach
jedem beendeten Satz, vielleicht waren es die
Medikamente, oder auch die schlaflosen Nächte.
Auch sprach er wie in Zeitlupe, ehe er die Worte
aussprach, hatte ich sie in meinem Kopf schon für ihn
beendet, teilweise tat ich dies auch hörbar, dass er sich
damit nicht mühen musste. „Meine Träume?
Ich träume immer von Badewannen. Immer schon und
von Zöpfen. Manchmal träume ich, dass ich in einer
Wanne bin, da sind nur Zöpfe drin. Die sind ganz weich
und sie kitzeln. Das ist schön. Und manchmal wird mir
dann schlecht. Ich weiß nicht warum, weil ich das
Gefühl doch mag. Die Stimmen? Welche Stimmen?
Hab ich das gesagt? Ich kann mich nicht mehr erinnern,
stimmt doch Dad? Mir ist kalt Mister Sheriff. Haben sie
eine Decke?" Ich bemerkte wie er schlotterte, von den

Knien aufwärts. Mr. Meyer klopfte gegen die Scheibe. Ein Pfleger brachte kurze Zeit später eine Decke und einen Tee. „Heiß, heiß! Muss pusten. Möchten sie? Dad hat das immer gemacht. Ich bin immer so schnell außer Puste. Möchten sie?" Ich zog den Pappbecher mit dem Kamillentee Beutel zu mir und blies in den aufsteigenden Dampf, der sich sofort an meiner Stirn sammelte. Ich fühlte mich für einen Moment in meine eigene Kindheit zurückversetzt. Ich hasste Kamillentee, wahrscheinlich, weil ich ihn immer dann bekam, wenn ich irgendetwas ausbrütete. Fieber, Übelkeit, geschwollene Augen, ein Allheilmittel, ich fühlte mich ein wenig undankbar, weil ich ihm heute mit so viel Abneigung entgegentrat. „Ist immer noch heiß. Nochmal! Kann ich auch Zucker? Drei! Nein Drei! Dad ich will zurück, ich will das nicht. Mir ist kalt." Ich hob die Hand. Dann kam Kristin in den Raum. Sie hatte die Brille abgesetzt. Wir hörten die Schläge gegen die Scheibe, aber ignorierten sie. „Hallo Gustav. Erkennst du mich noch?" „Vielleicht…" Gustav blickte verlegen zu Boden. „Schön dich zu sehen, Gustav. Was machst du hier? Haben die hier keine Kekse? Wir haben doch früher zum Tee immer Kekse bekommen?" Leo deutete dem Pfleger, er möge doch welche bringen. „Ja schon…und wir haben sie alle aufgegessen, hab dann heimlich welche aus der Küche geholt, Nachschub, Ma hat's nicht gemerkt. Zu wenig Kekse für so viel Tee, oder?" „Wir haben viel Musik gehört und nebenbei gebastelt. Weißt du noch, was wir gebastelt haben?" „Ein Diorama. Für die Schule.

Du hast mir geholfen." „Und Kirk…" „Und Kirk auch, der hat geklebt. Ich habe geschnitten, das kann ich gut. Immer ohne Zähne…" „Was war das Thema noch mal?" „Buffalo Bill, glaub ich, nein, nein die Pyramiden… oder?" „Es war Buffalo Bill, ja…am liebsten hast du die Zelte ausgeschnitten…" „Ja, das war leicht, die Büffel… und die Kutschen…da musstest du mir helfen…wo sind deine Haare? Die waren doch so weich, ich hab sie gern geflechtet…" „Geflochten, Gustav, geflochten. Ja die waren mir zu warm und weißt du, wenn man Essen serviert, dann kann es schon mal passieren, dass ein Haar in die Suppe fällt…" „Iiiii…voll eklig." „Siehst du…aber die wachsen ja wieder, schau, die reichen schon wieder bis zur Nase." „Darf ich sie dann wieder flechten?" „Klar, das darfst eh nur du, keiner konnte das besser." „Ja…das stimmt…mein Dad konnte das aber auch gut…" „Hat er deine Haare geflochten?" „Neeeeinn, die von meiner Ma, also von meiner richtigen…" „Das weißt du noch?" „Ja. Natürlich weiß ich das noch. Und wie er ihr…" Diesmal klopfte es vehement gegen die Scheibe und wir unterbrachen das Gespräch. Gustav nippte an dem Tee und ließ die 3 Päckchen Würfelzucker in dem Becher verschwinden. „Lecker. Magst du auch? Stimmt du magst keinen Zucker…ich könnte den auch ganz ohne Tee und soll ich dir was verraten, ich tu's auch manchmal." „Du Gustav, du hast doch auch Zuhause Dreiecke ausgeschnitten, hast du da auch was gebastelt?" „Ja schon…" „Hättest doch was sagen können, dann hätte ich dir geholfen…" „Wirklich. Oh.

Also, die Stimmen…" Es klopfte wieder an die Scheibe. „DAD! Ich erzähle jetzt. RUHE! Also, die Stimmen sagten, ich solle es tun…" „Was tun?" „Na, diese Zelte ausschneiden. Da wohnen die doch drin." „Und das hast du dann getan…" „Ja, die müssen doch auch wo wohnen…das Papier war einfach da…hast du schon mal dran gerochen, es riecht wie, wie…ich will das nicht sagen…soll ich flüstern? Darf ich?" Er flüsterte es in Kristins Ohr. „Und das erinnert dich daran? Ja. Wirklich. Und …und…es schmeckt auch so…aber, bitte, sags nicht weiter, versprichst du's mir?" Mr. Meyer klopfte nun immer wieder gegen die Scheibe und wir brachen das Gespräch ab. „Kommst du mich mal wieder besuchen? Du musst, hast es ja versprochen…Tschüss." Ehe sie Gustav wieder hinausführten, nahm er noch einen letzten Schluck aus dem Becher, klopfte immer wieder auf die nach oben gerichtete Unterseite um den gelösten Zuckersirup nach unten zu treiben. Vorher ließ er sich nicht nach draußen bewegen. Sein Vater versuchte ihn zu umarmen, doch er drückte sich an den Pfleger und dieser ihn aus der Tür. „So, haben sie nun alle Antworten die sie benötigen? Denn mehr werden sie nicht mehr von ihm bekommen. Dafür sorge ich. Lassen sie ihn, mich und meine Familie, insbesondere meine Frau zukünftig in Ruhe. Wenn sie fragen haben, die Nummer von meinem Anwalt gibt ihnen meine Sekretärin."

Die Wellen schleichen
und doch sind sie Ozean,
der in seiner Mitte Stürme gebiert,
die Ufer suchen,
neues Land,
mehr zu sein,
als eine stumme Geburt.

Kapitel 4 - Werden schneller

Ich lud Kristin zum Mittagessen ein. Der Kellner
wollte uns mit unseren Uniformen erst nicht
einlassen, ich meinte, dann soll er halt die Polizei rufen.
Wir bekamen einen Tisch ziemlich Abseits, in der Nähe
der Garderobe. Kristin wirkte aufgekratzt und gleich-
zeitig unendlich müde. Ein Gefühl was ich wohl mit ihr
teilte oder meines nur in sie hinein projizierte. „Ehrlich?
Mir tut Gustav leid. Und je mehr ich von ihm weiß,
desto schwerer fällt mir der Gedanke, dass er Kirk und
Andy auch nur ein Haar hätte krümmen können.
Er ist noch ein Kind, in vielerlei Hinsicht, aber auch
ein Mann, der noch nicht genau weiß wohin er gehört.
Findest du es nicht seltsam, dass er sich noch an seine
Mutter erinnern kann? Ich meine, das liegt so, so lange
zurück." Und er konnte sich nicht nur an seine Mutter,
sondern auch an seinen Vater erinnern. Das ist
wesentlich. Das weiß der Löwe, deshalb tut er alles für
seinen Sohn, dass er dies für sich behält. Es gibt dort
diesen einen dunklen Punkt, der die beiden verbindet,
auf Lebzeit. Dort wo Gustav jetzt ist, kann er
niemanden mehr gefährlich werden, vor allem ihm
nicht. Und alles was er jetzt sagt und behauptet,
kann man auf eine Psychose zurückführen. Er genießt
jetzt ungestrafte Narrenfreiheit, die man vielleicht nicht
mal mehr notiert und wenn es zu viele werden,
mit Pillen wegdrückt. „Hat er jemals eine Chance,
dass er wieder raus kommt?" Nur wenn wir den
wahren Täter liefern. Das Essen war für den Preis eine

Frechheit, aber es war einmal etwas anderes, als diese labbrigen Sandwiches und das stets gleich gewürzte Kantinenfutter. In meinem Büro stapelten wir dann Theorie auf Theorie bis wir einen Turm an Mutmaßungen hatten, der Aufgrund von fehlenden Beweisen gefährlich schwankte. Aber er stürzte nicht ein. Wir trugen Schicht um Schicht wieder ab, bis zu jenem Fundament, welches uns am stabilsten schien.
Darauf würden wir zukünftig aufbauen.
„Was ist eigentlich mit dem Hund und dem Journalisten und seinen Aufzeichnungen. Wie? Find es raus?
Was ich als erstes tun würde? Ich denke, mich mit dem anderen Obdachlosen unterhalten, vielleicht wurde er schon Aktenkundig. Ja, aber nicht allein, oder?"
Natürlich nicht allein.

Es gab keinen festen Wohnsitz. Aber es gab den Ort, wo sie sich prügelten. Eine Straßenecke mit herausgezogenen bunten Sonnenrollos, dort reihte sich Gemüse- an Obsthändler, Metzger an Bäcker.
Und Restaurants, die aus einem Fenster heraus bedienten, meist Chinesen und Italiener. Es duftete gut, auch wenn die Fliegen schon die Auslagen bevölkerten und es war erst Frühling. Vor den Fensterrestaurants standen nie mehr als zwei Tische und 4 Stühle und man musste Acht geben, wenn man diese umschritt, nicht von einem Auto erfasst zu werden, die ständig zu schnell an uns vorbeirauschten. Dort, bei dem fahrenden Hotdogstand saß auch Charles. Einen Hut vor und den Hund neben sich. Das Erdgeschoss des Eckgebäudes

stand leer, so dass sie ungestört auf den Stufen sitzen
konnten und sich der Schatten eines Balkons schützend
über sie legte. Es tropfte auf meinen Hut. Ein Bewohner
über uns goss gerade seine Blumen. „Hey, ich such mir
gleich eine andere Ecke, ich sitz hier erst seit ner Stunde,
4 Stunden sind ausgemacht, stimmt doch Earl?"
Der ältere Herr mit dem Baseballcap vom Hotdogstand
nickte. „Einen Spaziergang? Sie verhaften mich doch
nicht Sir? Charly kommt aber mit. Ich weiß, Charles
und Charly, klingt wie ein Folkduo, er singt besser, Sir,
sie müssten ihn mal bei Vollmond hören, wie ein junger
Wolf. Er gehört mir. Sie waren schon mal hier, ich kenn
sie Sir, aber ihre hübsche Kollegin, Mann, an die
könnte ich mich erinnern. Ja, der Tod von dem Typen,
war tragisch und ich war's nicht, ehrlich, ich gab ihm
nur eins auf die Nase, er saß dort wo ich gerade sitze,
das ist mein Platz, schon seit Jahren, die Jungen müssen
erst die Regeln lernen, wenn es sein muss mit Fäusten.
Der wollt halt nicht hören, so einfach ist das und
irgendwann nachts, klaut er mir meine Einnahmen und
zischt mit Charly ab, der heult wie ein Wolf, ist aber ein
Schisser, der ging einfach mit, ohne Mucks, hab's erst am
Morgen bemerkt. Ging ihn suchen, ich fand ihn und den
Typen mit dem Mantel. Der war schon tot.
Was soll ich machen? Die Polizei rufen…ich?
Zum Glück kam die Müllabfuhr…die fanden ihn,
die erledigten das mit der Polizei. Wann ich ihm eins auf
die Nase gab? Na, so zwei, drei Tage vorher,
hab ihn dann auch nicht mehr gesehen, aber der wollt
sich rächen, kenn doch solche Typen, die lassen sowas

nicht im Raum stehen. Der hätte mich aber auch im Schlaf abmurksen können, ey ich bin mindestens 20 Jahre älter, der nahm nur mein Geld und Charly, hätte schlimmer kommen können, müsste ich fast noch dankbar sein. Will ja nicht unhöflich sein, aber ich muss wieder zu meiner Ecke, sonst setzt sich wieder einer dort hin und es geht mir Geld flöten, ich will mir Mittag nen Hotdog bei Earl leisten, wie jeden Tag. Können auch dort reden…was wollt ihr noch wissen…oder war's das? Was ich vorher gemacht hab? Ihr kennt das Gesetz der Straße nicht? Es gibt kein Vorher. Das Vorher ist tot. Der alte Charles liegt in irgendeinem Garten verbuddelt, so wie man es mit vielen Schwarzen gemacht hat, ihr solltet mal die Gärten umgraben Mann, da lieg ich tausendfach. Charly? Den hab ich schon seit 20 Jahren, oder mehr. Der kennt noch den alten Charlie, zum Glück hasst er ihn genauso wie ich und vertreibt ihn von Zeit zu Zeit, wenn er sich nähert. War's das?…20 Dollar? Wow, das nenn ich einen Stundenlohn, Gott segne euch. Kommt gerne wieder…"

Wir werden schneller,
die Straßen steiler,
halt mich,
bevor ich stürze,
nur so viel,
dass ich bleibe,
vorbei,
an meinen Kritikern,
die auf mich warten, mich nicht erkennen,
wenn ich vor Freude schreie.

Kapitel 5 - Wenn ich in den Ozean steige

Wir fuhren später nochmal in die Straße. Charlie war schon verschwunden, nur Earl stand noch an seinem Hotdogstand. Die Sonne bereits hinter die eng stehenden Gebäude gewandert. Die Straße gefüllt mit jenen, die jetzt auf dem Nachhauseweg waren und keine Lust zu kochen hatten. „Doch Lust auf nen Hotdog? Sind die Besten hier im Viertel. Mein Neffe kam heute nicht um mich abzulösen, könnt ihr kurz, ich verschwind mal schnell bei Leo. 5 Minuten. Danke." „Noch ein Leo. Bist hier doch nicht der Einzige. Aber macht bestimmt eine bessere Pasta…"
Ganz Unrecht hatte Kristin nicht, ich hab mich an einer versucht, wollte freundlich sein, ein Abendessen zum Einstand. Nudeln verkocht, Fleisch angebrannt, zu viel Salz, zu viel Cayenne Pfeffer. Es war speziell. Immerhin war Kristins Nachtisch lecker, aber den hatte noch Woo beigesteuert. „Danke. Das war kurz vor knapp. Keine Ahnung warum mich mein Neffe heute wieder versetzt hat, hab ja kein Telefon, außer er ruft bei Leo an, aber bei dem Lärm dort drin…Italiener reden so laut…Himmel bin ich froh, dass ich meine Küche unter freiem Himmel habe. Der Hotdog geht aufs Haus. Euch führt doch sicher nicht mein guter Ruf zu mir? Ihr seid wegen Charlie hier oder? Es gibt nichts, was ich nicht schon euren Kollegen gesagt hätte. Ich sah die beiden…ok, das wollt ihr nicht wissen… Charlie? Ich weiß nicht, ob ich darüber reden darf, unsere alten Leben wurden gelebt, sie sollen ruhen…

aber ich möchte auch nicht, dass ihr mich mehrmals am Tag besucht, das ist schlecht fürs Geschäft. Also gut. Charlie arbeitete früher für den alten Meyer. Also nicht dem Baulöwen, sondern seinem Vater, als dieser starb, setzte der Sohn ihn und seinen Hund relativ schnell auf die Straße und schnappte sich eine fesche Sekretärin. Nicht nur das Gesetz der Straße, ich glaube auch seine Seele drängte ihn hin zum Vergessen. Charlie sah wohl mehr, als ihm lieb war. Ich sag mal so…im Dunkeln sind nicht nur alle Katze grau…so, Kundschaft…"

Ich fuhr Kristin nach Hause. An manchen Tagen wendet und kaut man jedes Wort, drei viermal, presst die letztmögliche Information aus ihm heraus um den Tag zu füllen und an manchen Tagen steigt man in einen Ozean aus Möglichkeiten. Bevor wir beide darin ertranken, retteten wir uns auf unsere kleinen Inseln. Die stets schwanken. Die Angst sie zu verlieren ist inzwischen größer, als mit ihnen unterzugehen. Nenn es Zuhause, nenn es Heimat, nenn es Schoß… Der Hotdog liegt mir im Magen, vielleicht sind es auch all die Gedanken die jetzt arbeiten, wenn ich nicht arbeite, versuche, nicht zu arbeiten…ich stoße verdächtig oft auf, befürchte die Würstchen haben schon vor der Flamme mit ihrem Leben abgeschlossen, das Gesetz der Straße. Ich übergebe mich. Schlafe ein.

Ein Hund leckt an meinen Fußsohlen, ich lache. Die Sonne ist grell ich lieg in einem Feld, sehe die Grashalme über mir schwanken, skizzieren den Wind,

der sie vor mein Auge schiebt. Sehe plötzlich Füße neben
mir und höre jemanden einen Reißverschluss öffnen,
dann erleichtert er sich auf mich, ich springe auf…
niemand, nur ein Mond und ein Wolf, die ihre
Buchstaben tauschen, sie haben gleich viel und den
Mond an selber Stelle. Ich wache auf, übergebe mich
noch einmal, oder der Versuch, nur zäher Speichel…
ich hoffe Kristin geht es besser. Ich gehe duschen,
hoffe auf einen baldigen Morgen. Es ist 2 Uhr Nachts.

Wenn ich in den Ozean steige,
spüre ich seine Fülle,
spüre ich meine Leere, sinke,
wenn ich mich nicht wehre,
spüre seine Kälte
und die Wärme die mir fehlt.

„Dad? Weißt du wie spät es ist? Geht's dir nicht gut?
Soll ich kommen? Dad? Da hast du bestimmt was
Falsches gegessen, kann das nicht bis morgen warten?
Es ist jetzt bestimmt alles raus, hast du Fieber?
Dann ist es nichts Akutes. Dreh dich doch noch mal um,
ich hab in ein paar Stunden ein wichtiges Meeting.
Du sagst Kristin hat den Hotdog auch gegessen?
Soll ich sie anrufen? Ich find es echt total süß,
dass du bei mir anrufst, können wir morgen Mittag? Ja?
Das ist lieb. Ja, schlaf du auch gut, nichts zu danken…
du hast ja angerufen. Gute Nacht, Dad…"

Ihre Stimme, ist die Letzte die ich hören möchte…
in dieser und meiner letzten Nacht.

Kapitel 6 - Und seinem aufgeschäumten Himmel

Ich hatte heute keine Lust auf Donuts. Alleine der Gedanke an das Schmalzgebäck, ließ meinen Magen beben. „Dir war schlecht? Ich fand den Hotdog großartig…ok, ok, ich hör schon auf…soll ich dir einen Kamillentee aufgießen? Ich frag dich später noch mal."
Wir beide wussten nun, wer der Täter war.
Konnten es nicht beweisen, noch hatten wir ein Motiv.
Unser beider Gefühl, bestätigte ihn in unabhängigen Nächten. Kristin besorgte die Akte von Charlie.
Er war erfasst, wie jeder hier, der keinen festen Wohnsitz vorweisen kann. Kleinere Delikte, wie Diebstahl, Körperverletzung, Beleidigung von Beamten, Sachbeschädigung, ergänzen die meist tragischen Lebensläufe. Die Wenigsten wählten diesen Weg freiwillig. Charlie war seit Ende der 60er bei den Meyers angestellt. Mädchen für alles. Garten, Küche, Wohnung, Kindermädchen. Der Sohn Ronald entließ ihn, als Gustav Volljährig war und dieser in eine andere Stadt zog. Seitdem sind seine Frau, die Sekretärin und die beiden Leibwächter für all die Aufgaben zuständig. Für den Garten kommt eine externe Firma. Und Charly, also der Hund, war eigentlich Gustavs, aber der wollte bzw. konnte ihn nicht mit in die Stadt nehmen.
Der Journalist, klebte also an Charlies Ohr um mehr über Meyer zu erfahren, er hatte wohl eine Ahnung, woher und was genau, wird wohl so lange Geheimnis bleiben, bis wir seine Aufzeichnungen gefunden haben, ich befürchte aber, dass diese bereits ihren Weg ins Feuer fanden.

Das Telefon klingelte. Stacy. „Hi Dad, stör ich?
Du sagtest Mittag. Geht's dir besser? Entschuldige,
dass ich dich heute Nacht abgewürgt habe…
Mein Meeting? Ach das hätte besser laufen können,
da bereitet man sich Tage vor und in 25 Minuten wird
nur ein Bruchteil davon zum Thema. Ich hoffe das
Wenige hatte trotzdem einen Sinn. Ist Kristin gerade bei
dir? Grüß sie doch ganz lieb. Sprechen? Jetzt? Ihr seid
doch im Dienst. Mittag.
Na dann…ich dich auch…" Ich übergab Kristin den
Hörer und ging nach draußen. Das Fenster stand offen.
Kristin lachte, alles klang unbeschwert. Was sie sagte,
verstand ich nicht, aber die Tonlage war einen Halbton
höher als sonst und trotzdem machte ich mir Sorgen.
Nicht so sehr um Kristin, nicht um meine Tochter.
„Na Leo, dicke Luft? Oder warum stehst du hier
draußen? Frauengespräche, verstehe und da lässt du
dich aus deinem Büro vertreiben, das müssen ja wichtige
Gespräche sein. Vince lässt dich grüßen, fragt natürlich,
ob wir den Täter schon haben…ich wusste nicht was
ich sagen soll. Haben wir ihn? Alles spricht für Gustav,
nur nicht mein Gefühl. Stimmen…er wäre nicht der
Erste, aber die Stimmen wollten den Koffer, wollten die
Dreiecke, wollten die Musik, alles Dinge, die er selbst
beschaffen konnte, weil sie ihn riefen…
die Zärtlichkeit der Dinge…und dann gibt es Kirk,
Andy und den Journalisten. Kirk und dem Journalisten
wurden die Kehlen durchgeschnitten und Andy,
mit dem Telefonkabel erdrosselt. Immer die Halsgegend.
Die Mutter von Gustav, Suizid, du gabst mir die Akte,

auch ihr wurde der Hals durchtrennt. Die Tatortfotos sind scheußlich. Eher ungewöhnlich bei einem Suizid in einer Badewanne. Mr. Meyer kannte seine jetzige Frau bereits. Von dem Buchladen, genau und soll ich dir etwas sagen, deshalb komm ich zu dir. Das Buch, bzw. die Buchdeckel die man dir mit dem Foto zukommen ließ, ich bin mir sicher es war von dem Journalisten, wurde in dieser Buchhandlung verkauft, ganz exklusiv. Es war ein kleiner Privatdruck des Autoren, der sie in dem Buchladen anbot und auch etliche Lesungen dort hielt. Wenig erfolgreich. Der Autor verschwand, das Buch verschwand. Wahrscheinlich lernten sich die Beiden bei einer dieser Lesungen kennen und lieben, zeitlich würde es passen. Frage nicht, ich inserierte in allen mir bekannten Literaturzeitungen und durchforstete das Archiv der Stadtzeitung, vor allem den Kulturteil. Du wirst lachen, ziemlich zeitgleich, fand ich einen kleinen Artikel über die Lesung und eine ältere Dame meldete sich telefonisch auf das Inserat. Sie hat das Buch noch in ihrem Besitz und war damals auf der Lesung. Sie fand den Titel des Buches spannender als letztlich dessen Inhalt, da es aber signiert wurde, behielt sie es. Und wer ist die ältere Dame? Rate…komm schon Leo…manchmal sind die Wege gar nicht so weit, wie man denkt…die Dame, die bei T-Bone im Haus wohnt. Die Katzenfrau, ist auch eine Leseratte, ja. Soll ich zu ihr, oder möchtest du…mir ist es Recht. Danke dir, jetzt will ich aber vorerst nichts mehr von Büchern hören…Ich glaube die Mädchen sind jetzt fertig, kannst wieder in dein Büro. Halt mich auf dem Laufenden.“

In einem aufgeschäumten Himmel,
der Rest von Leidenschaft,
der Tränen zog und das,
was ich jetzt in meinem Herzen trag.
Er versuchte es zu verbergen,
doch den Wolf sieht man in der Herde,
wenn er versucht, Schaf zu sein,
das mehr Schaf ist,
als jene die ihn umgeben.

Kapitel 7 – Der nimmt und gibt

„Sheriff Thornton, mit ihnen hab ich jetzt nicht
gerechnet. Ich hatte eine höfliche Frau am Apparat.
Ist es für sie in Ordnung, wenn wir uns hier am
Fenster unterhalten, ich habe nicht aufgeräumt und…
Sie können auch gerne zu mir über die Feuerleiter
hinaufsteigen, die junge Dame, weiß ja wie das hier so
gehandhabt wird. Mr. Bone ist noch nicht zurück,
das ist auch ganz gut so, der fällt mir immer ins Wort.
Mein Kätzchen haben sie auch gerade verpasst,
sie kommt jetzt wieder regelmäßig. Ja, was soll ich
sagen, eigentlich hab ich das Meiste ihrer Kollegin schon
erzählt. Geht's? Das rostige Ding quietscht nur zur
Abschreckung so verächtlich, auch eine Art
Warnsignal, wenn sich mal ein Einbrecher zu uns wagen
sollte, das schafft er nicht unentdeckt. Und wenn es
Mr. Bone trägt, dann sie allemal." Kristin und ich
stiegen zu der Katzendame hinauf und knieten uns vor
ihr Fenster uns empfing ein intensiver Schweiß- und
Tabakgeruch. Vergilbte Gardinen verhinderten einen
tieferen Blick in ihre Wohnung, was wohl so gewollt war.
„Ich hab ihnen das Buch rausgesucht, hier ist es.
Entschuldigung, das ist ein Raucherhaushalt, deshalb ist
das Leinen schon etwas vergilbt…Fragen sie mich nicht
um was es geht, ich hab mal damit angefangen,
keine Ahnung was der Autor damals vorlas, es waren
nicht die ersten Seiten, die klingen eher nach einem
Kinderbuch…ja das ist auch signiert, sehen sie, sogar mit
Datum …4.8.69, das war ein Montag, da hatte ich frei,

sonst hätten wir da gar nicht hingekonnt.

Die Meyers waren auch dort, man kannte sich ja vom Sehen und die waren ja in unserem Alter, mein Mann hat auf dem Bau vom alten Meyer gearbeitet, Gerüstebauer, der Sohn fuhr meist mit seinem Cabrio vor, inspizierte die Baustelle mit dem Architekten und fuhr dann wieder, der war damals schon ein unangenehmer Typ. Ganz anders als sein Vater. Dass der mit seiner Frau zu einer Lesung ging, hat uns überrascht, er hat sogar gegrüßt. Sie war ne Hübsche, er hatte so ein Faible für langhaarige Frauen, schon die Freundinnen vor ihr, naja, Kohle zieht, auch damals schon…hübsch aber ziemlich schüchtern, hat nur geantwortet, wenn sie mit einem Augenkontakt ein Ok. eingeholt hatte,

ein unangenehmer Typ und eifersüchtig, die saßen ganz hinten, aber ihr gefiel das Buch, er kaufte es und dann… mehr weiß ich nicht mehr…ja, seine zukünftige Frau, hat dort gearbeitet. Ich war ziemlich oft dort, ich hab gern gelesen, vor allem Hemingway und die Krimis von Chandler, Himmel haben die geschrieben, aber der Alkohol und die Frauen…wo war ich… Frauen…ja sie sah seiner ersten Frau nicht unähnlich, lange Haare, eher zierlich, aber nicht ganz so schüchtern, die weiß schon was sie will. Ich glaube manchmal, dass sie Zuhause die Hosen an hatte, heute? Ich weiß es nicht. Manchmal sehe ich sie in der Mall, aber sie scheint mich nicht mehr zu kennen.

Naja, wir haben uns verändert, ich, durch den Mann der ging, sie, durch den Mann, der blieb."

Kristin saß stumm neben mir, blätterte in dem Buch, das mir den Wagen räucherte. Selbst der Piniengeruch meiner baumelnden Rückspiegeltanne konnte den Jahrzehnte alten Rauch nicht übertünchen. Wir öffneten die Fenster, der Fahrtwind blätterte sich durch die Seiten, drängte es hinaus. „Das Buch ist echt schräg. Klar, ist aus der Hippiezeit, da schrieb man vielleicht so.
Aber immerhin die Widmung ist schön:
für alle die blieben. Ich muss mir dann erstmal die Hände waschen, der Einband ist echt…" Bevor wir zurück ins Office fuhren, hielten wir noch in dem Bookstore, der noch immer existierte. „Sheriff Thornton, Leo, warst ja schon lange nicht mehr hier…heute mit Verstärkung? Hast Glück, dass du mich noch antriffst, arbeite ja nur noch Halbtags, meine Beine und mein Rücken, alte Buchhändlerkrankheit, ich arbeite gerade meinen Sohn ein, der wird den Laden mal übernehmen, aber der ist gerade drüben bei dem Franzosen und isst eine Kleinigkeit, die Crossaints können ganz bestimmt mit deinen Donuts konkurrieren, doch, glaub mir, die gibt's auch mit Schokoladenfüllung…kannst ja noch Streusel drüber geben, wenn du meinst, sie wären zu bitter…ich hoffe deine Tochter hat deine kulinarisch, wählerische Ader nicht vererbt bekommen…wie kann ich dir helfen, bist ja sicher nicht gekommen, um mit mir über deine Donutsucht zu reden…kann ich mal sehen? Das ist aber mindestens schon 15 Jahre her, oder? Ja ich erinnere mich, seltsamer Typ, seltsames Buch, aber es verkaufte sich ganz ok, war halt die Zeit, wo sowas ging, mit ausreichend Drogen, funktioniert

sowas vielleicht...Ach die Sache mit Betty...was soll ich sagen...Ronald hat sie uns ausgespannt.

Das musste natürlich alles geheim bleiben, er war ja verheiratet. Er holte sie aber manchmal nach der Arbeit ab, oder schickte Blumen, natürlich ohne Absender, aber wir wussten natürlich, dass er dahinter steckt. Dann die tragische Sache mit seiner ersten Frau, wie hieß sie noch...genau...hübsches Mädel...aber wohl auch eine kaputte Seele, welche Mutter nimmt sich neben ihrem Kind das Leben...das war ein Schock, nicht nur für Ronald, auch für die ganze Stadt...und Betty fühlte sich irgendwie verantwortlich, zog relativ schnell zu ihm, heirateten, arbeiten musste sie dann nicht mehr, aber sie kam immer mal wieder vorbei, stöberte, quatschte, aber das wurde auch seltner, das letzte Mal, vielleicht vor einem halben Jahr....welches Buch? Du fragst Sachen, das weiß ich nicht mehr, ich glaube sie hat's auch nicht gekauft, ich glaube sie brauchte einfach etwas Abstand, gerade nach der Sache mit ihrem Sohn, Stiefsohn, sie hat es nicht leicht und ihr Mann, hat jetzt eine fesche Sekretärin, die Ähnlichkeit zu seinen beiden Frauen, ist nicht von der Hand zu weisen...so ist das mit den Männern, ich hoffe ich hab sie jetzt nicht verschreckt, sie sind ja noch jung, nicht alle Männer können so sein wie Leo, stimmt doch, siehste!"

Sterne dort,
wo Flugzeuge brechen,
Stürme so laut,
dass ich dich nicht verstehe,
der nimmt und gibt,
hat einen unbequemen Thron,
spür ihn manchmal neben mir sitzen,
Dinge flüstern,
die ich erst vernehme,
wenn sie durch 100 Münder gingen.

Kapitel 8 - Wolken verbinden Wunden

„Dad? Hier ist Stacy noch mal. Klingst gerade so anders, stör ich? Wollte nur fragen ob es dir wieder besser geht. Ja? Das ist gut. Vielleicht hattest du das eine, verdorbene Würstchen abbekommen, was täglich seinen Weg ins Brötchen findet, somit hat's kein anderer erwischt, hast vielleicht jemanden dadurch das Leben gerettet, wer weiß. Die Polizei dein Freund….
Du, ich würde das Wochenende kommen, meinst du, ich könnte eine Nacht bei dir verbringen? Ich weiß, das ist jetzt kurzfristig, ein Hotel kann ich mir gerade nicht leisten, Lohn kommt erst Ende des Monats, ja? Oh das ist großartig. Dreimal darfst du raten, ja Kristin wollte ins Kino, es ist schön, dass die alte Freundschaft wieder auflebt. Keine Ahnung ob Yasmeen mitkommt, nein ich hab damit kein Problem, das ist ein Kristin-Yasmeen Ding, da misch ich mich nicht ein. Dad, ich bin alt genug, wovor hast du Angst, dass ich mich in Kristin verliebe? Du weißt ganz genau, dass ich mir nichts aus Frauen mache. Ob sie das auch weiß…ich hoffe doch. Wir gehen doch nur zusammen ins Kino und nicht zusammen ins Bett…also steht morgen? Perfekt, du bist der Beste. Ich komm dann gegen Mittag, bist du da? Liegt der Schlüssel immer noch unter dem Blumentopf mit dem Rosmarin. Gut, ansonsten weiß ich ja, wo ich dich finde. Nutz die Wochenenden doch auch mal für was Sinnvolles, geh wandern, geh auf ein Konzert, triff dich mit jemanden, gibt doch sicher auch nette Frauen in deinem Alter und hey du bist Polizist,

trägst ne Uniform, das müsste doch schon Magnet genug sein. Bis morgen Dad, ich dich auch, gute Nacht."

Mein Magen hatte sich beruhigt, nicht aber die Gedanken. Sie kreisten, wie der Strudel am Eingang des Abflusses. Ich müsste mir mal wieder die Zehennägel schneiden, sie zerstören meine Socken, zum Zahnarzt sollte ich mal wieder und Ärzte haben mich außer aus beruflichen Gründen schon Jahre nicht mehr gesehen. Eigentlich geht es mir gut, aber man weiß ja nie, ob man etwas übersieht, was irgendwo schlummert und mit dem richtigen Trigger wie Mr. Punch aus seiner Box springt. Was war der Trigger für all das, was gerade geschieht, wenn wir den haben, haben wir das Motiv. Ich notierte mir in Stichpunkten das letzte halbe Jahr. Irgendwo gab es eine Wunde, die wir übersahen. Es klingelte das Telefon. Es ist halb 9 abends, späte Anrufe verheißen nichts Gutes.

„Ja, Leo. Du ich…Claire am Apparat…ja Claire aus der Buchhandlung. Du scheinst noch mehr zu kennen? Wahrscheinlich ist es total bescheuert, dass ich anrufe, aber, hättest du mal Lust auf Kino? Also mit mir? Oh, Gott ich komm mir gerade wie ein schüchterner Teenager vor, entschuldige. Du hast Lust? Das ist… morgen Abend? Keine Ahnung was läuft, ich hatte nicht damit gerechnet… Es ist schön. Ich freue mich. 5 Uhr? Gute Nacht."

Wolken verbinden Wunden,
das flüchtige Rot,
findet stets einen Grund, für Abschiede,
wir versuchen es mit Worten,
bis es schläft, bis es Nacht,
dort wo Heilung wohnt,
Gedanken gleich schwer sind,
wie der Schlaf,
der immer mehr an meinen Tagen zieht,
bis von ihnen nichts mehr übrig bleibt.

Mein Herz rumpelt. Ein alter Dachboden, den junge
Tauben für sich entdeckten. Ich öffne das Fenster,
die Luft schmeckt anders als Minuten zuvor, süßlicher.
Mein erster Gedanke, ich sollte mir die Zehennägel
schneiden. Mein Kleiderschrank war kein Zufluchtsort
für Ausgehabende mehr, meine Uniform in 6facher
Ausführung. Ocker und Braun, ein paar weiße
Hemden, und ein schwarzer Anzug, wenn das Leben
versagte. Von dem Blick in den Schrank wurde niemand
geblendet, doch trug ich das Ocker an mir, wurden die
Grußworte lauter, die Achseln feuchter, Geheimnisse
offensichtlicher. Ich hoffte Claire sah mich auch ohne
meine ockerfarbene Rüstung. Ich befreite meinen Wecker
von der Wochenpflicht, auch wenn ich schon lange vor
ihm erwache, bestimmt auch morgen. Die gewonnene
Zeit werde ich benötigen um hier klar Schiff zu machen,
Stacy soll sich nicht noch mehr sorgen. Aber der Schlaf,
er wäre wichtig, damit er mich nicht im Kino einholt,
es wäre nicht das erste Mal. Mein Herz rumpelt,
vielleicht ist es etwas Ernstes. Ich sollte zum Arzt....

Kapitel 9 – Die blutig

Der Wecker klingelte trotzdem, ich wusste nicht,
dass der Wecker beschädigt ist. Wenn man ihn mal lässt,
ist er ehrlich…das mag ich, er darf bleiben.
Ich bin nervös. Ich muss duschen und die Zehennägel
und die Wohnung hat auch noch Bedarf. Ich versuche
alle Gedanken die Meyer streiften zu ignorieren,
drehte die Musik lauter, schrubbte gründlicher,
drehte das Wasser kälter, bis es schmerzte. Legte mir
Hose, Hemd und Jacke aufs Bett, die nicht nach
Beerdigung, Verhaftung oder Verwahrlosung aussahen.
Versuchte mich an Claire zu erinnern, die schon immer
nett war. Interessiert, wohl erst seit der Trennung ihres
Mannes, eine Jüngere, wie so oft. Sie ist hübsch,
für ihr Alter wirklich hübsch, das darf ich ihr natürlich
nicht sagen. Sie ist jünger als ich. Jünger als Stacys
Mutter, also auch eine Jüngere, wie so oft. Versuche nicht
an ihren Mann zu denken, den ich nicht nur einmal
wegen Alkohol am Steuer aus dem Verkehr zog.
Nicht nur einmal, in dem Zustand, mit seinem Sohn auf
dem Beifahrersitz. Meyer und er Schulfreunde,
später bittere Feinde. Die Gründe, weiß niemand,
vielleicht Claire, Frauen, wie so oft. „Hi Dad. Du bist ja
da." Mein Herz rumpelte, anders, Todesnah.
„Hast du die Klingel nicht gehört? Hab mich schon
gewundert, dein Auto steht ja vor der Tür.
Der Rosmarinschlüssel ließ mich rein. Bin ein bisschen
früher, nicht schlimm oder? Machst du gerade die
Wohnung sauber? Das musst du nicht. Also schon,

nur nicht wegen mir. Soll ich dir helfen? Hast du dich
auch rasiert? Irgendwas ist anders. Am Telefon
konnte ich's noch auf das verdorbene Würstchen
schieben, oder waren da andere Substanzen drin,
du wirkst, so gelöst…"

Stacy fuhr nach dem Mittagessen. Mehr als Speck,
Eier und trocknen Toast hatte ich nicht anzubieten.
Ich erzählte ihr nichts von meiner Verabredung, zu viele
Fragen, zu wenig Kraft für Antworten. Wahrscheinlich
würden wir uns am Kino wieder sehen. Da würden alle
Fragen, gesehenen Auges beantwortet. Ich entschied
mich für das blaue Hemd und die Lehrerjacke mit den
Ellbogenflicken. Ich zwang mich, nicht an den Fall zu
denken, hätte ich nur einen der vielen Fäden ergriffen,
ich wäre nicht zur Verabredung erschienen. Wir trafen
uns um 5 vor dem Kino. Claire hatte mich erst nicht
erkannt, ich hatte es befürchtet. „Du siehst gut aus.
Danke, dass du meiner spontanen Einladung Folge
leistest. Hast du mal in die Zeitung geschaut, was läuft?
Mein Sohn empfahl mir „Highlander", wegen
Sean Connery, ich weiß nicht ob ich meinen Lieblings-
bond so sehen möchte. Er fand es amüsant, da läuten
bei mir die Alarmglocken. Ein neuer David Lynch soll
kommen, leider erst im September…also welches Plakat
springt dich an? Du hast zugesagt, bist gekommen, mehr
Freude geht gerade nicht, deshalb…wähl du den Film."
Claire hatte ich zuerst auch nicht erkannt, das hab ich
natürlich nicht gesagt, sie sah so ganz anders aus,
als hinter ihren Büchern. Ihr Makeup, fast ein bisschen

zu großzügig. Meint vielleicht etwas verbergen oder
etwas betonen zu müssen, beides muss sie nicht,
alles schreit Frau, und in mir schreit alles Mann.
Ich wollte mit ihr in keinen Actionfilm gehen,
wobei mich dieser womöglich bis über die Hälfte der
Spielzeit wach gehalten hätte, aber man ist höflich,
Mann ist höflich…und entscheide mich für „Desert
Hearts". „Den wählst du doch nur für mich, komm,
auf was hast du Lust, sei ehrlich…Police Academy 3.
Und genau den werden wir uns ansehen. Ich lade dich
ein, keine Widerrede." „Dad, was machst du hier?
Du hast mir gar nicht erzählt, dass du ins Kino gehst…
sogar mit Begleitung." „Hallo Stacy, du kennst mich
wahrscheinlich nicht mehr, ist schon eine Weile her…"
„Nicht sagen, sie kommen mir bekannt vor…
der Buchladen?" „Treffer, gleich beim ersten Mal.
Ich vermeide jetzt das Übliche - groß bist du geworden
– Gespräch. Was eine Tatsache ist, den Abend aber ein
wenig ausbremst…lasst mich raten, ihr schaut,
Highlander…" „Nicht?" „Desert Hearts."
„Keine Sean Connery Fans mehr…"
„Christopher Lambert, wenn dann…aber den haben wir
schon gesehen…" „Dann wünsche ich euch viel Spaß…"
„Ja ihnen, als euch auch…" Stacy zwinkerte mir zu.
Kristin und Yasmeen gingen schon mal vor an die
Kinokasse, die Schlange war übersichtlich, die Unsere
fast 3x so lang. Während wir im Pinguinmarsch immer
näher an unser Ziel rückten, kamen unsere Vorgänger,
lachend und plappernd aus den Kinosälen.
Unsere Plätze waren noch warm, das Popcorn und die

Coke gingen auf mich, das war das Mindeste.

Wir saßen ziemlich weit vorne, Nackenschmerzen vorprogrammiert. „Du musst ein wenig lauter flüstern, sonst versteh ich dich nicht…Ob Ronald…wie kommst du jetzt auf den…aber klar hat er es auch bei mir versucht. Bei so ziemlich Jeder mit langen Haaren, Ende der 60er kannst dir ja ausmalen, dass es nicht Wenige waren. Ich suche mir die Männer aus, das war schon immer so. So hat er es bei Betty probiert und hatte Erfolg, aber jetzt bitte, verdirb uns den Abend nicht mit Ronald, der hat schon so viele ruiniert, bitte nicht auch noch diesen.“

Das Popcorn war gesalzen, ich hatte es nicht extra erwähnt, Claire war über dieses Missgeschick nicht traurig, griff sich den Becher und knabberte sich durch den Film. Ich glaube sie fand ihn nicht lustig, auch ich ertappte mich beim Gähnen, irgendwann lag ihr Kopf auf meiner Schulter, mein Kopf kippte an ihren und ich schlief ein… „Leo, aufwachen, du hast es überstanden… wir…ich bin auch eingenickt….ist mir noch nie passiert…das spricht nicht für den Film…komm, die wollen durchkehren, die Nächsten warten schon…“

Als wir hinausgingen fiel uns Yasmeen auf. Sie stand am Ausgang, tupfte sich die Augen… „War der Film so arg…?“ „Nicht der Film, das ganz reale, beschissene Leben…könnt ihr mich ein Stück mitnehmen…?“

Ich fragte nicht nach dem Warum, ich konnte es mir denken. „Es war schön mit dir Leo, das nächste Mal wähle ich den Film, aber dann musst du mich anrufen. Ich würde mich freuen.“

Sie küsste mich flüchtig auf die Wange. Lächelte,
mein Herz bebte, jetzt kannte ich den Grund.
War beruhigt, war den Gedanken an einen Arzt wieder
los. „Kommt gut heim." Ich lächelte, winkte kurz und
stieg mit Yasmeen ins Auto. Wir wechselten während
der Fahrt kaum Worte, jeder war noch in seinem Film.
„Kannst mich gerne hier raus lassen, ich gehe die letzten
Meter, ich brauch noch etwas Auslauf, danke dir…
ich hoffe ich hab euren Abend nicht auch noch zerstört…
das sagst du hoffentlich nicht nur aus Höflichkeit….
gute Nacht."

Spüre die Nacht gleiten,
sie nimmt denselben Weg wie ich,
spüre dieses Leuchten auf meiner Wange,
das wandert,
es nimmt denselben Weg,
wie diese Stunde, die blutig noch,
an mir vorüberging,
während ich nach Schlaf suchte,
um wieder Traum mit dir zu sein.

Kapitel 10 - Aber nicht gefährlich sind

Das Telefon drängt sich in meine Träume, es waren viele
und doch sorgt es dafür, dass ich sie alle vergesse,
die Schönen und die Schlechten, alle Flucht. Es ist noch
nicht ganz 5 Uhr morgens. „Betty Meyer am Apparat,
entschuldigen sie die Störung. Entschuldigung,
dass ich sie privat anrufe, um diese Zeit. Mein Mann ist
verschwunden. Er ging mit mir ins Bett, plötzlich war er
weg. Das war noch nie. Nein er ist nicht mehr im Haus,
das Auto ist auch weg. Der Wachdienst meinte nur,
er hatte es eilig, fragten aber nicht nach, mein Mann ist
niemanden zur Rede verpflichtet. Bitte, ich mache mir
Sorgen, das ist nicht stimmig, er war die letzten Tage
schon sehr, wie soll ich es ausdrücken, zurückgezogen,
sprach kaum mit mir, sagte Termine ab, selbst Ingrid,
also unserer Sekretärin gegenüber, war er befremdlich.
Ich weiß, es ist Sonntag und eigentlich könnte ich ihre
Kollegen kontaktieren, aber ich möchte kein Aufsehen,
verstehen sie, das hatten wir in letzter Zeit mehr als
genug und die Schulter, an der ich während dieser Zeit
lehnte, ist jetzt verschwunden. Bitte Sheriff…bitte Leo…"

Erste Vögel, große Melodien vor der Suche nach Frieden.
Das dunkle Blau wandert allein zurück, woher es kam.
Ich bin noch Traum, noch Zweifel, bewege mich noch
Raupenschnell, auch wenn man mehr von mir verlangt.
Keine Zeit für Wärme, kaltes Wasser, bringt mir meine
Augen zurück, kaltes Wasser spült die verklebten Worte,
die noch unnütz obenauf lagen, in meine gurgelnde

Tiefe. Zähneputzen für etwas Frische, die fettigen Haare scheiteln, die sowieso unter meinem Hut verschwinden. Nathalie ist bei ihren Eltern, Vince beim Surfen an der Küste. Ich klingele bei Kristin. Sie ist schnell an der Tür. „Gib mir 10 Minuten, magst du etwas Toast, oder Popcorn, süß, na klar, haben es gestern nicht mehr geschafft. Klar komm rein und greif zu. Komme sofort."
Der TV flimmert stumme Bilder, auf dem Sofa eine aufgeschlagene Decke, die Luft aufgebraucht.
Ich nehme mir eine Handvoll Popcorn, es schmeckt nach gesüßtem Styropor, zumindest stelle ich es mir so vor. Auf dem Tisch die Zeitung von Gestern. Wieder eine Explosion einer Rakete zum Glück keine Toten. War nur eine Trägerrakete. Der Himmel mag uns nicht.
„Hab's, können los…wohin eigentlich?"

Darauf konnte ich keine Antwort geben. Sein schwarzer Chrysler war auffällig, den konnten sich hier nur Wenige leisten. Der erste Besuch galt Mrs. Meyer.
„Danke, dass sie so schnell kommen konnten, sich die Zeit nehmen, auch sie Ms. Wheeler, das ist nicht selbstverständlich. Ich überlege schon die ganze Zeit wo er sein könnte, eine Bar, eine Geliebte, bei Gustav vielleicht, die Kirche…ich hab schon alle abtelefoniert, also falls ich überhaupt jemanden erreichen konnte. Nein, er hat nichts angedeutet, auch keinen Brief oder eine Notiz zurückgelassen, vielleicht reagiere ich auch über, wirke wie eine hysterische Ehefrau aus einem alten Western, aber mein Gefühl, hat mich noch nie betrogen, nie! Bitte, bevor sie die Kollegen einschalten, noch sind

die 24 Stunden nicht akut...einen Lieblingsplatz?
Ronald? Er ist jetzt nicht der Naturbursche.
Früher war er manchmal angeln, mit Gustav zusammen,
sie brachten nie einen Fisch nach Hause, sie ließen sie
immer wieder frei. Na, an dem alten Tümpel, der jetzt
trockengelegt ist..."

Ein erster Anhaltspunkt. Mrs. Meyer wollte mitkommen.
Wir gaben ihr die wichtige Aufgabe, weiter den Platz am
Telefon einzunehmen und Menschen zu kontaktieren,
die eine Möglichkeit für eine Zuflucht wären,
vielleicht meldet sich auch er, wenn er gefunden hat,
was er verloren glaubte.

„Leo, ich muss dir was sagen. Das mit Yasmeen...
ich glaube, das ist ein einziger Scherbenhaufen. Ich mag
sie wirklich, doch seitdem sie hier ist...da ist keine
Vorfreude mehr. Sie lebt ihr Leben, ich das Meine und
diese beiden Leben kreuzen sich nicht. Nicht mehr.
Und da ist Stacy..." Ich bremste. Versuchte etwas
Vernünftiges zu sagen. Doch dafür fehlte mir ein
vernünftiges Frühstück und ein starker Kaffee, so blieb
es bei einem Abbremsen und dem erschrockenen Blick
von Kristin. Der erste Gedanke war der Richtige.
Selten, dass sich dies bestätigte. Das Schwarz von
Ronalds Wagen, reflektierte das erste Licht,
zeichnete daraus einen gelandeten Stern.
Sanft aufgesetzt, ohne ein Loch zu reißen, mitgebracht
nur seinen nötig' Schatten. Wenn der Himmel sich
zeigen möchte, dann gibt er sich, wir müssen nicht zu
ihm. Ich zog meine Waffe,

bat Kristin hinter mir zu bleiben, auch sie solle ihre
Hand an der Waffe lassen, den Halfter lösen. Der weiße
Beton, blendete, lag dort wie ein Stapel Papier,
darauf lag mit ausgebreiteten Armen und Beinen,
der Löwe. Er starrte nach oben. „Bitte lasst mich!
Das ist mein Moment, ihr habt darin nichts zu suchen.
Geht! Der Abgrund soll sich endlich auftun und mich
mit seiner silbernen Zunge verschlingen.
Reiß, dein verdammtes Maul auf! Immer wieder zerrst
du an mir. Jetzt nimm mich doch endlich. Ich konnte
Gustav nicht retten, seine Mutter nicht, mich nicht,
was willst du noch? Komm, öffne dich.
Schwarzer Sesam, was sind deine Worte, die ich nennen
muss, bitte…öffne dich…Jetzt! Jetzt…jetzt…..jetzt!"
Ich legte ihm Handschellen an, er wehrte sich nicht,
ich hätte keine Gründe nennen können, weshalb,
er fragte nicht, das war unser Glück. Vielleicht, um ihn
vor sich selbst zu schützen. In seinem Haar ein ▲.

Nicht gefährlich,
aber blutig,
Wolken verbinden Wunden,
es nimmt und vergibt,
ein aufgeschäumter Himmel,
wenn ich in den Ozean steige,
die Wellen, die gerade noch schlichen,
werden schneller,
ich weiß es,
du kommst zurück.

Bewohner der Neubausiedlung riefen mich später an,
meldeten eine Frau die nackt die Straße hinunterlief
und „Danke" schrie. Immer wieder, laut „Danke!"
Jemand hielt mich ans offene Fenster,
es war die Stimme von Mrs. Meyer.

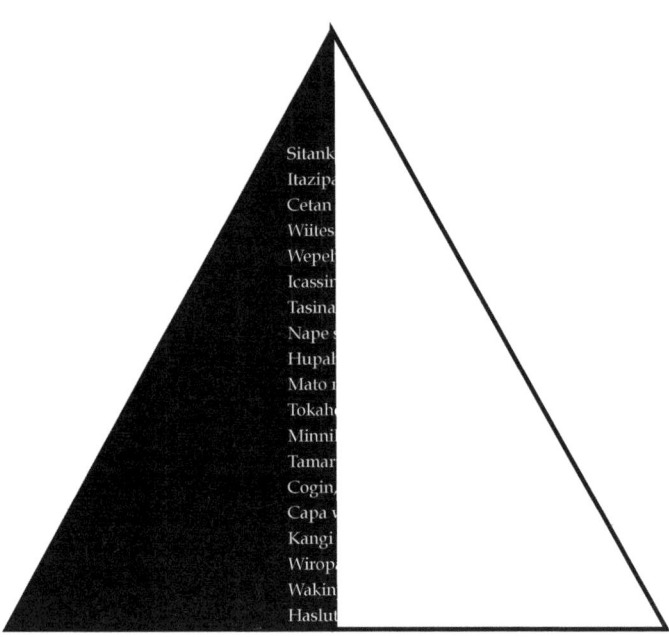

Sitank
Itazipa
Cetan
Wiites
Wepel
Icassir
Tasina
Nape
Hupal
Mato
Tokah
Minni
Tamar
Cogin
Capa
Kangi
Wiropa
Wakin
Haslut

Wolken ziehen leise,
in einer lauten Welt,
ich versuche nicht zu starren,
lassen mir das Licht,
das auf mich fällt,
auch mit geschlossenem Auge,
gelbe Felder,
Straßen, ungeteert,
möchte stärker sein,
als mein schwächster Moment.

Kapitel 1 - Wolken ziehen leise

Leo brachte dich nach Hause, du hattest etwas getrunken. Es gab was zu feiern. „Wir haben Kirks Mörder, wahrscheinlich auch den von Andy, ich hab's geahnt, die ganze Zeit und jetzt, ich kann's noch gar nicht glauben. Handschellen, Rechte, Gitter, das ganze Programm, seine Frau wird psychologisch betreut, du hast sie ja auch gesehen, sie tut mir Leid, wirklich. Erst der Sohn, dann der Mann, jetzt ist sie ganz allein. Klar wird er sich einen Anwalt holen, womöglich den Besten, Leo hat noch Zweifel, die Beweise hält er für zu dünn, wollte nicht mit uns anstoßen, auch die Staatsanwältin nippte nur, ich hätte locker noch fahren können, aber Leo ließ mich nicht…ist doch nur ein kleiner Schwips. Ich muss jetzt erstmal duschen, magst mitkommen, ich meine, die letzten Tage, das im Kino war Mist, hab mich doch schon entschuldigt, dass du dann einfach verschwunden bist, war auch nicht nett, ich hab mir echt Sorgen gemacht. Du weißt ja inzwischen selbst, dass hier Dinge passieren, komm schon…" Du küsst mich. Ich weiß es ist der Alkohol und doch erwidere ich, du nimmst mich an der Hand, wir ziehen uns auf dem Weg nach oben aus, ich muss an Mrs. Meyer denken, die dasselbe tat und dann nackt vor deinem Hotel stand. Ein Nachbar eilte hinterher mit einer Decke. Wie viele wohl lachten? Jetzt stehe ich mit dir unter der Dusche, spüre deine Lippen und Berührungen, ob man uns auch auslachen würde, wenn sie uns sehen würden, nackt und nicht bei

Sinnen. Beide. Du kämmst meine nassen Haare.
Flüsterst mir ins Ohr, was du mir schon ganz am Anfang
zugeflüstert hast. Küsst mir die Ohren… „damit es dort
bleibt. Wirklich, ich glaub es steht dir und der Gedanke
daran…macht mich ganz verrückt." Ich lächle, weiß
nicht was ich glauben soll. Gehorchen unseren Körpern,
sie wissen, wir sind verloren, lassen uns für einen
Moment vergessen, dass es einmal anders war, suchen
nach einem Gefühl, dass dem Anfang ähnelt.

Wolken ziehen leise,
die Fenster stehen offen,
ein Mond der heute keiner sein möchte,
schüchtern Wolken vor sich hält,
ich hoffe, dass du bleibst
und nicht den Weg nach unten wählst,
der diese Stille bringt,
die ein Gift kennt
und es großzügig über sich verteilt.

Du liegst noch neben mir. Etwas Anfang ist zurück.
Du schnarchst, wie immer wenn du Alkohol getrunken
hast, es war wohl mehr als ein Schwips, ich hoffe du
kannst dich an mich erinnern. Ich schließe die Fenster,
die Nächte sind noch kühl. In zwei Stunden musst du
raus, ich bleibe zurück, mit Carol, die kaum mit mir
spricht. Dafür hat sie ihre Freundinnen und Lenny,
jetzt ist es offiziell.

Als ich wieder aufwache bist du weg. Die Vögel längst
verstummt. Carol in der Schule.
Ich habe das Badezimmer für mich allein. Blicke in den
Spiegel, kämme mir die Haare zu einem Knoten,
lasse ihn hinter mir verschwinden, vielleicht hast du
Recht. Ich bemerke meine hohen Wangenknochen,
ich habe abgenommen, obwohl das fette Essen hier,
eigentlich in eine andere Richtung deutet.
Auf dem Frühstückstisch liegt ein Zettel, nette Worte die
schmeicheln. Und ein Beutel mit einem ▲ und der Bitte,
es Eagle zu geben, mehr habt ihr nicht.
Der Toast hat seine Süße zurück, mir war wieder nach
Honig. Ich blättere in einem Telefonbuch nach
Friseuren. Wundere mich über die Menge,
kenne aber nur den in der Mall,
der all den Jungs denselben Haarschnitt verpasst.
Ich muss los. Eagle wartet und ein Bus Neugieriger,
die nie wieder kommen, wenn die Neugier gestillt ist.

Kapitel 2 - In einer lauten Welt

„Seh ich da einen Anflug von einem Lächeln? Dad,
kramt noch in Schubladen, da darf man ihn nicht stören,
es ist immer wichtig. Was hast du da? Noch eins,
ich dachte schon mehr werden es nicht mehr,
Dad wird sich freuen. Aber er wird selbst mit dir
darüber sprechen wollen. Es riecht nach Regen,
ich hoffe der Bus kommt noch rechtzeitig, ich hab heute
keine Lust gegen den Regen anzusprechen. Bin ein
wenig heiser. War gestern von allem zuviel. Habt ihr
wieder das richtige Maß gefunden? Ah, Dad, hast es
gefunden, schau mal, das hat mir Yasmeen…"
„Ich bin mir sicher, sie kann für sich selbst sprechen.
Von Kristin. Ich denke, dann können wir endlich
beginnen. Heute Überstunden. Bone du fährst, ich bitte
euch, ab jetzt, nichts mehr zu essen, bis heute
Nachmittag werdet ihr durchhalten, trinken ist erlaubt,
nur kein Alkohol. Der Bus ist pünktlich, woher sind die?
Gut, die bringen Interesse mit, wer so weit reist,
dem ist es ernst."

Kaum ist der Reisebus in einer Staubwolke
verschwunden, eilt Eagle in seine Wohnung,
kommt mit einem kleinen Beutel zurück und drängt
Bone zum Aufbruch. „Wer jetzt noch kommt, hat Pech.
Wir haben genügend Prospekte, Betty und Tom können
das auch. Ja das von der anderen Betty hab ich schon
gehört. Sie ist jetzt endlich frei. Himmel, was musste die

Frau durchmachen, mit beiden, da kann man vor Freude schon mal den Verstand verlieren. Ihr habt nichts gegessen, gut. Ich hab Woo gebeten, ein paar Frühlingsrollen zurückzulegen, es dauert nicht lange. Fahren wir!"

Eagle verbot Bone das Radio anzumachen. Wir fahren in Stille durch eine laute Welt. Die Wolken ziehen leise und bleiben beinahe unbewegt, während wir die Stadt verlassen und den Ort erreichen, dem Eagle eine besondere Bedeutung zuschreibt. Es weht ein kühler Wind, wie schon die letzten Male, er wirbelt durch den Sand, treibt ihn in Haar und Auge. „Setzt euch. Rückt die Steine näher, unsere Knie müssen sich berühren. Yasmeen, nimm du den Beutel mit den ▲ und schütte sie vorsichtig in die Schale, keines darf verloren gehen, keines der Wind rauben. Bone du nimmst die Wasserflasche. Erst etwas Rauch…" Eagle hat auch dies vorbereitet. Er zieht einen Büschel Kräuter aus dem Beutel und entzündet diesen, er brennt nicht, glimmt und verströmt einen würzigen Duft. Rosmarin meine ich am ehesten zu erkennen. Während wir sitzen, geht er um uns herum und summte eine Melodie, verteilt den Rauch in alle Richtungen und über unsere Köpfe, ehe er den glimmenden Strauß zwischen uns auf die alte Feuerstelle legt, wo er sich binnen Minuten in Asche verwandelt. Erst dann, deutet er mir, die ▲ in die Schale mit dem Mörser zu schütten. „Gut."
Dann atmet er tief ein und spuckt auf den Haufen schwarzer Dreiecke, die in der Menge ihre Form verloren. „Jetzt du, dann Bone."

Ich tue mir schwer, auf Aufforderung zu Spucken,
mein Mund ist zu trocken, so muss ich in die Tiefe.
Der Anblick ist befremdlich, wie sich der dichte,
schäumende Speichel über das Schwarz legt,
ich vernehme ein leichtes Knistern. Ich reiche es Bone,
er macht den Abschluss. „Gut. Bone. Das Wasser,
du schüttest es langsam in meine Hände, ich sage Stopp,
dasselbe bei Yasmeen, Yasmeen, du machst es bei Bone."
Es sind nur wenige Tropfen. „Stopp!" Eagle schließt die
Hände, dann presst er das Wasser durch seine Finger in
die Schale. Ich beobachte ihn genau um keinen Fehler zu
machen. Das Wasser strömt in die kleine Kuhle meiner
geöffneten Hand, ich lege die andere Hand darüber und
drücke das gesammelte Wasser wieder hervor.
Ein paar Tropfen gehen daneben. „Nicht schlimm.
Jetzt du. Gut, ganz vorsichtig. Ja so ist gut, das reicht."
Bones Hände bilden die größte Schale, entsprechend viel
Wasser dringt durch die verschränkten Knöchel.
„Das genügt. Jetzt rückt näher, Knie an Knie.
Ich stelle die Schale darauf, bewegt euch nicht."
Er stellt die Schale auf unsere Knie und beginnt mit dem
Stößel den Inhalt der Schale stoßweise zu vermengen.
Die Stöße dringen durch meinen Körper, manche sind
so stark, dass ich geneigt bin, meine Füße anzuheben,
im selben Moment, wird er vorsichtiger. Irgendwann ist
der Inhalt der Schale eine dickflüssige, schwarze Masse.
„Setzt euch zurück und rückt die Steine dort hinüber."
Wir schieben die Steine auf denen wir sitzen ein paar
Meter weiter, bis wir etwas von der Feuerstelle entfernt
sind, die Eagle in der Zwischenzeit zu einem lodern-
den Feuer neu entzündet. „Bone drück das Gras etwas

nieder, ja so ist gut." Eagle greift wieder in den Beutel, holt einen Stapel Papier und einen Pinsel hervor. „Ich bestreiche nun das Papier mit der Masse, wir werden nicht jedes Papier füllen, das übrige Papier wirfst du, Bone, ins Feuer. Das Papier was bestrichen ist, bitte ich dich Yasmeen, jeweils mit einem Stein zu beschweren und um uns herum in einem Kreis auszulegen, der Wind wird versuchen daran zu reißen, also such dir Steine, die groß genug sind, damit er sie nicht entführt. Beeil dich, die Masse darf nicht trocknen." Steine liegen dort genug, ich bin zittrig, spüre, dass dieser Moment bedeutend ist, auch wenn ich nichts davon verstehe. Während ich die Steine suche, beginnt Eagle das Papier mit der Masse zu bestreichen, bis diese schwarz getüncht ist, dies begleitet er mit wortlosem Gesang. Dann reicht er mir die fertige Seite an mich weiter. Seite für Seite vollendet sich ein Kreis der uns fast umschließt. Der letzte Rest der angetrocknet in der Schale ist, wird noch mal mit unserem Speichel angerührt, ohne Wasser, er füllte nur mehr eine halbe Seite. „Das wars. Jetzt liegt es an der Sonne." Das Papier beginnt zu trocknen, sich zu wellen und während es trocknet, gibt es Zeilen frei. „Yasmeen, würdest du die Zettel im Uhrzeigersinn einsammeln und mir geben und Bone du verbrennst das Papier was übrig blieb, dann löschst du das Feuer mit dem Rest Wasser aus der Flasche, es müsste genügen." Ich gebe ihm die Blätter, der Wind treibt trotzig den Rauch des gelöschten Feuers zu uns. „Kommt näher. Könnt ihr es lesen? Das sind die Namen derer, die 1890 ihre Leben ließen.

Meine, unsere Ahnen, wir dürfen sie nicht vergessen.
Nicht alle Tipis fanden den Weg hierher zurück, einige
werden vergessen bleiben, nicht in der Ewigkeit, dort ist
nichts vergessen, aber hier und das bricht mir das Herz.
Bone du kannst es lesen…bitte les es vor.
Yasmeen ich bitte dich um diesen Rhythmus, vielleicht
findest du zwei Stöcke, wenn nicht, dann schlag ihn auf
deine Schenkel." Ich finde nur dünne Zweige,
die keinem Rhythmus dienen konnten, also wähle ich
meine Schenkel und übertrage den Rhythmus, den mir
Eagle vorhin zeigte, währenddessen verliest Bone die
Namen auf der Liste. Eagle tanzt mit ausgebreiteten
Armen, jeweils eine Feder haltend.

„Sitanka, Itazipa Wicaki, Cetan Wamniyomni, Wiiteska
win, Wepehinji win, Icassinte win, Tasinawakan win,
Nape sica inshupahu, Hupahu cinca wan, Mato
napasni, Tokahe win, Minnikowo ju win, Tamarpi waste
win, Cogin, Capa win, Kangi bloka, Wiropa, Wakinyan
kicka, Hasluta, Mato hinkkala, Ptesanluta win…"

Die Sonne lässt uns noch die letzten Namen, bevor sie
sich verdunkelt und uns den Regen schenkt. Eagle atmet
schnell und was Regen, was Schweiss, ist nicht mehr
genau auszumachen, er schiebt das Papier unter sein
Hemd und wir rennen zurück zum Auto. „Lasst mich,
ich kann das alleine, bin doch kein alter Mann."

In einer lauten Welt, ein leises Gebet,
keines das will,
was anderswo nicht schon gewollt.

Kapitel 3 - Ich versuche nicht zu starren

Auf der Heimfahrt schlief Eagle ein. Sein Kopf kippt
immer wieder nach vorne, der Regen verwischt alles
Außen zu vergessenen Monet Gemälden. Die Scheiben-
wischer vollbringen stoisch ihr Werk, ihr Takt macht
auch mich schläfrig. Ein Hauch von Rosmarin strömt
noch durch das Wageninnere. Ich versuche zu begreifen,
finde nur etwas Schlaf, der mit einem Ruck sich und sein
traumloses Innere aufgibt. „Wir sind da. Danke dir
Yasmeen, ich dreh noch ein paar Runden und lass Dad
den Schlaf, dieser tut ihm Wohl, nach all der
Anstrengung. Schlaf gut, bis morgen." Wir flüstern,
jede Bewegung ihrer normalen Lautstärke entrissen,
das Schließen der Türe, ein Lehnen, ein Drücken,
in der Hoffnung es bleibt unbemerkt. Ich gehe noch
nicht hinein. Dein Auto steht schon in der Einfahrt.
Ich überlasse mich dem Regen, der seinen
vertrauten Zauber spricht. Ich sollte Ma anrufen,
ich sollte so vieles…aber nicht hier…Ob die Nachbarn
jetzt auch die Polizei rufen, wenn ich die Straße
hinaufgehe? Ohne Schirm, völlig durchnässt,
schlendernd, nicht rennend. Ich versuche nicht zu
starren um doch einen Blick zu entdecken, der mich
noch mehr entblößt, als ich es selbst schon tue.
Irgendwann bringt der Regen ein Zittern. Umkehr.
Du stehst in der Küche, ich konnte die angebratenen
Zwiebeln schon draußen riechen. „Hast du heute
Überstunden gemacht? Und keinen Schirm dabei…
konnte dir Eagle keinen leihen?

Das Essen ist gleich fertig. Carol kommt auch gleich, bringt Lenny mit. Deshalb heute mal Selbstgekochtes. Ich hoffe du hast Hunger." Ich eile ins Bad, ziehe mich um, trotzdem bleibt die Umarmung zaghaft, ich rieche die Zwiebel, die du roh gekostet hast, auch der Kuss zaghaft, vielleicht weil dir die Zwiebel unangenehm ist, ich erfinde schon Entschuldigungen, wie weit würden diese gehen, um stets mit einem guten Gefühl den Raum zu verlassen? Lenny und Carol verspäten sich, wir beginnen schon zu essen, die letzten Stunden bleiben Geheimnis, du versuchst auch nicht es zu ergründen, es bleibt bei Oberflächlichkeiten. Noch bevor die beiden kommen, habe ich zu Ende gegessen, ich gehe nach oben, kümmere mich um die Songs, die diesen Monat noch ihren Weg zur Plattenfirma finden sollten.
Es sind erst Vier. Nicht mehr als 20 Minuten.

Ich versuchte nicht zu starren,
das zu erhalten,
wie es gedacht,
ein undeutlicher Moment,
der vom Regen noch ganz feucht,
langsam trocknet,
weil keine Sonne,
weil keine Sonne.

Ich höre ihr lachen, traue mich nicht nach unten. Weiß, das Lachen würde sich verändern, da mir nicht nach Lachen zumute ist. Ich bleibe auf dem Zimmer, obwohl ich dringend auf Toilette müsste, täusche Geschäftigkeit vor, die ausbleibt.

Die Melodien spreizen sich, nur ein paar Worte werden durchgelassen. Worte, dich ich am liebsten dir gesagt hätte, vielleicht auch meiner Ma, später sage ich sie zu Eagle, nicht gereimt und ein paar Zeilen weniger, er verstand. Irgendwann wird es leiser. Treppentraben. Lenny und Carol flüchten kichernd auf ihr Zimmer. Ich gehen auf Toilette, dann nach unten. Helfe dir beim Abwasch. „Schade dass du oben geblieben bist, es war lustig, das hätte dir auch mal gut getan. Lenny ist eh so selten da, inzwischen mag ich ihn echt. Dachte immer, was für ein Nerd. Aber seitdem Andy nicht mehr…klingt das jetzt böse? Du weißt schon wie ich das meine. Jedenfalls, es war schön und du hast gefehlt. Ja die Songs, ich weiß, die müssen auch, ich find es auch gut, dass du dich darum kümmerst, du siehst ja, immer was anderes…lustig wie sich deine Haare zu Locken kringeln, wenn sie feucht werden. Sonst schweigen sie immer darüber. Es bedarf nur der richtigen Einflüsse, dann wird aus Geheimnissen Zauber." Oder nüchterne Realität. „Ja, aber der Spruch hätte eigentlich von mir kommen müssen, du bist doch hier die sensible Träumerin…hey, das war ein Kompliment. Im Moment bist du echt dünnhäutig, Mann. Sollen wir noch etwas im TV gucken? Ich glaube die beiden dort oben, brauchen noch einen Moment…" Im Fernsehen läuft Belangloses, dann die Nachrichten, die dich aufrecht sitzen lassen, nach vorne gebeugt, damit die Neuigkeiten in dich hineinströmen. Dann endlich Entspannung, ein Platz in deinen Armen,

ein Kuss auf meinem Kopf, das Gefühl,
dass die Dinge gut werden,
wenn man ihnen Zeit lässt,
oder einen Platz auf dem Sofa,
mit altem Popcorn und einer warmen Cola.

Kapitel 4 - Lass mir das Licht

T-Bone darf die Namenslisten ins Reine tippen.
Er sitzt auf Eagles Sofa, vor ihm eine alte
Schreibmaschine. Die Anschläge immer wieder durch
Suchpausen unterbrochen. „Ein einziges
Buchstabenlabyrinth, ich bewundere Schriftsteller,
die darauf tippen, wie ich Klavier spiele…das ist lieb
von dir, aber ich schaff das schon. Eagle ist eigentlich
draußen, hast du ihn nicht gesehen? Aber du kannst
mir das Licht anmachen, danke, die Sonne
verschwindet schon wieder hinter Wolken,
der Frühling ist dieses Jahr ein schüchterner Kerl...“
Die Schreibmaschine wirkt unter T-Bones wuchtigem
Körper wie ein Spielzeug, er wird sicher über Rückenschmerzen klagen, so gekrümmt, wie er über dieser
kleinen Maschine Buchstaben brütet.
Ein kühler Wind schiebt den ersten getrockneten Sand
über das Gelände und in meine Augen, manchmal
beneide ich Brillenträger, deren Sicht auch bei Stürmen
erhalten bleibt. Du siehst mich vielleicht im Moment
klarer. Eagle unterhält sich gerade mit Tom vom Muse-
umsshop, sie beraten sich über einen Platz für die Listen,
die nur vorläufig auf Papier ein Zuhause finden würden.
„Ah Yasmeen, die Reisegruppe von heute hat abgesagt,
der Bus hat einen Motorschaden, die stehen irgendwo,
die kommen wahrscheinlich morgen, vielleicht kannst
du Bone beim Abtippen behilflich sein…oder du machst
dir einen freien Tag. Mein Sohn ist mal wieder
eigensinnig, ja dann lass ihn, dann ist er beschäftigt.“

Ich entscheide mich für den freien Tag. Gehe noch mal
in den Wald, ich vermisse ihn, manchmal so sehr, dass
ich von ihm träume. Der feuchte Boden riecht würzig,
der Regen bemalte das alte Laub mit einer glänzenden
Haut, auf der meine Schritte nicht haften bleiben,
ich gleite immer wieder in versteckte Schichten aus
Matsch die ich eigentlich zu umgehen versuche.
Die weißen Ränder meiner Turnschuhe tragen bald einen
dunklen Erdton, der zwar gut zum Rest meines Outfits
passt, aber bei Nichtwissenden auch andere
Assoziationen als Erde hervorrufen könnte. Überall
tropft es und dort wo sich die Sonne durchringt und
etwas von ihrem Licht durch die Schatten bläst,
steigt Nebel in die Höhe, nur vereinzelt zwitschert oder
raschelt es. Der Gedenkstein liegt schon weit hinter mir.
Wäre dies meine Heimat würde sich jetzt eine Ruine
erheben, die eine Geschichte von mutigen Rittern und
schönen Prinzessinnen erzählt, die wahrscheinlich beide
niemals dort hausten, aber ganz bestimmt unerlöste
Geister, die man in traurigen Liedern besang.
Die weiße Frau, die zur Wolfsstunde durch diese
Hallen wandert, gestützt von mächtigen Baumsäulen
und nach ihrem Geliebten oder nach Erlösung sucht.
Und für einen Moment meine ich sie zu sehen,
dort hinten wo sich die Zweige ins Undurchdringliche
flechten, wo kein Licht, nur Ahnung ist und auch ein
wenig Furcht. Vielleicht ist es auch nur ein flüchtig'
Schein, den mir der Himmel lässt, um all dies zu
denken und etwas Sehnsucht heraufzubeschwören,
nach Heimat, nach vertrauten Klängen, die älter sind als

ich und mich trotzdem als eine der Ihren benennen,
auch wenn ich durch fremde Wälder streife, in einer
unüberwindbaren Ferne, zumindest in dem Augenblick,
wo all dies gefühlt und mit Tränen unterzeichnet.
Ein Vertrag, den es zu brechen gilt, weil er nicht von
beiden Seiten mit derselben Herzschwere unterzeichnet
wurde. Und ich sehe das Licht tanzen, in seinem weiten
Kleid aus unerfüllter Nähe und möchte mich in diese
Wellen stürzen, die es aus der Stille dieses Ozeans
heraustrieb, ohne nachzudenken, ohne ein Kleidungs-
stück abzulegen, dann davon treiben, vielleicht ist
irgendwo Treibholz an dem ich mich halten werde,
vielleicht schiebe ich es aber auch von mir, hielt mich zu
oft an fremden Dingen, die mich in andere
Richtungen zogen. Und bei Stürmen werden mich die
Wellen bedecken, aber sie werden mich nicht
begraben, weil ich dies schon vorher tat, was sie in die
Tiefe drücken ist das Schwerste meiner Seele,
der Rest wird wie eine Feder oben treiben, solange,
bis da wieder Stille, solange, bis da wieder Land.

Dein Auto steht schon vor der Tür. Ich wundere mich.
Drinnen ein Lachen. Du bist am Telefon, schaust mich
erschrocken an und legst auf, ich stelle keine Fragen.
Du versuchst mich zu greifen, ich brauche kein Treibholz
und ich bin nicht das Deine. „Veronica aus der
Schule, wir hatten heute Ausfall, warum machst du so
ein Gesicht, hab ich was falsch gemacht? Du bist schon
seit Tagen so…fremd. Ich wünschte du hättest mich in
einer anderen Situation kennen- und lieben gelernt.

Alles ist gerade im Wandel, auch ich, aber es ist wohl der
einzige Weg um mich selbst noch irgendwie
aushalten zu können, wenn ich dort bleibe, wo ich vor
einem Jahr und die Jahre davor war, dann würde ich
daran zu Grunde gehen, verstehst du…es hat nichts
mit dir zu tun. Ich bin dankbar, dass du hier bist und
ich schäme mich, dass ich dir nicht entsprechen kann,
nicht in dem Maße, dass du glücklich bist. So paradox es
klingt, Veränderung gibt mir gerade Halt und die
wenigen Konstanten…ach ich weiß doch auch nicht…
bitte entschuldige…es ergibt für dich wahrscheinlich
alles gar keinen Sinn, du suchst nach einfachen
Antworten, die kann ich dir nicht geben…"
Eine stille Umarmung würde genügen.
Wir erwidern uns. Vertrautheit. Ein Lächeln,
ein Kuss und eine Ahnung wie es sein könnte.

Lass mir das Licht,
damit da nicht nur Schatten sind
und aufgeweichte Spuren,
ein Zurück,
das wir beide meiden,
Treibholz,
gesunkenes Schiff,
Goldüberladen,
edler Grund,
verarmte Höhen.

Kapitel 5 - Das auf mich fällt

Ich träume von Wolken, ich träume von Regen,
der auf mich fällt und mich auflöst. Vielleicht sehe ich
die Welt enden, ganz unvorbereitet, weil ein Zeichen
fehlt, oder zu viele waren, die belächelt. Ich liege wieder
allein. Du bist unten, doch das Davor war schön,
ich suche Gründe, die sagen es ist ok. Deine Bettseite
feucht, ich schlage die Decke zurück, damit sich die
Nacht darum kümmert. Ein Haar in meinem Mund,
immer wieder, es dauert bis ich es erwische, ich würge,
es ist das Meine. Morgen, vielleicht übermorgen, nicht
mehr. Ich stehe auf, gehe zu dir hinunter.
Du schläfst tief, der Fernseher läuft, kaum Ton,
eine Late-Night-Show, ich kenne niemanden. Ich setze
mich ans Fußende, lege deine Füße auf meinen Schoß,
du murmelst etwas, verziehst das Gesicht, seufzt tief,
steigst zurück in deinen Traum. Ich zappe mich durch
die Kanäle, 30, 40, kein Vergleich mit Zuhause,
höchstens 5 manchmal 6, wenn das Wetter gut ist.
Ein Musikkanal, ich kenne ihn vom Hörensagen,
ich traue mich nicht lauter zu machen, es bleiben die
Bilder, die Geschichten erzählen, oder einfach nur
Schönheit zeigen, selten das wahre Leben, es tut gut.
Ich schlafe ein, irgendwie. Ich bemerke nicht, als du
aufstehst, als ich erwache liege ich zugedeckt auf dem
Sofa. Der Fernseher aus. Es duftet nach Kaffee und Toast.
Du bist schon weg. Ich hoffe, ich hab nicht verschlafen,
gerade als der Gedanke in mein Bewusstsein schnellt,
läutet mein Wecker. Ich eile nach oben. Mein Innerer

war schneller. Ein Zettel auf dem Küchentisch,
du liebst mich. Ehe ich dasselbe erwidere, frage ich „bist
du sicher". Ich möchte darauf keine Antwort,
ein freundliches Schweigen genügt, heute.

„Eagle hat Rückenschmerzen, er kommt später,
er nimmt noch ein heißes Bad. Wir fahren später in den
Baumarkt, besorgen einen Schaukasten. Yasmeen,
ich mach mir Sorgen. Du bist nicht glücklich.
Du funktionierst, aber du lebst nicht. Du tust was man
dir sagt. Das ist gut für den, der es sagt, aber nicht gut
für dich. Wo bist du? Du musst nicht antworten.
Wir wissen es beide. Hast du schon mit deiner Mutter
gesprochen? Sprich öfter mit ihr. Wie oft telefoniert ihr?
Einmal in der Woche? Yasmeen, ich misch mich da nicht
ein, du bist alt genug und ich rede mich leicht, mein
Sohn ist jeden Tag da, manchmal wünscht ich mir,
etwas weniger wäre auch gut, nicht für mich, für ihn…
ich bin dankbar, dass es so ist. Verstehst du?
Ich träume im Moment von Wolken. Du auch?
Nun, dann ist es etwas Größeres. Frag mich nicht nach
der Bedeutung, ich bin kein Schamane. Der Nächste
wohnt, mehrere hundert Meilen entfernt. Er ist 10 Jahre
jünger, oder sind es 20, ich weiß es nicht.
Wir treffen uns einmal im Jahr, meist zu Thanksgiving.
Er ist kein Wahrsager, aber wir sprechen über Träume,
über Zeichen, meistens behält er Recht, die anderen
50%, sind die übliche Fehlerquote. Lass es dir anmerken,
wenn es dir nicht gut geht, dann kann man dir helfen.
Ich seh das, lass es auch andere sehen,
vor allem Kristin."

Das, was auf mich fällt,
kein Regen,
Welten,
mein Haar in Wellen,
du liebst das Spiel,
die Fantasie,
wir wundern uns über all das Schöne,
das so einfach,
so kompliziert,
es zu halten.

Kapitel 6 - Auch mit geschlossenem Auge

„Sprech ich mit Yasmeen? Yasmeen Landon, hi hier ist
Lloyd Wizzkey von Dragonfly-Records, wollte nur mal
einen Zwischenstand abfragen, immerhin ist für den
Ersten, das Studio gebucht. Ja, kein Stress, wie viele
Songs habt ihr? 4 neue und eure Single, das ist, ich mein,
sind es Progsongs? Eine Suite? Dann können wir damit
ne LP füllen, aber 5 Folksongs, 15 Minuten? Mädels gebt
Gas. Die Fans warten, die Single verkauft sich gut,
ja ich überweis dir das natürlich, deine Bankverbindung
hab ich, oder? Mach ja nicht ich, sondern unsere
Miss Money Penny…also Liz…ich geb dir die
Durchwahl, also bleibt dran, noch mal so nen
Knallersong, dann stürmen wir in die Charts.
Hab ein gutes Gefühl. Also, ach ja die Durchwahl,
71 unsere Nummer hast du ja…gut. Wir hören uns.“

„Ich? Ich meine das ehrt mich Yasmeen, aber ist das nicht
eure Band, was sagt denn Kristin dazu, dass du einen
alten Musiklehrer mit ins Boot holen möchtest?
Sie weiß noch nichts. Klär das doch erst mal mit ihr ab.
Klar, kann ich dir mit den Songs helfen, oder auch
Sachen einspielen, aber mach daraus bitte kein
Geheimnis, da sind schon zu viele unterwegs. Bis wann
sagst du, sollt ihr die Songs haben? Bis in zwei Wochen?
Das ist ähm, sportlich. Hast du denn ein paar alte
Sachen, auf die du zurückgreifen kannst? Dann nimm
doch die, du musst das Rad ja nicht neu erfinden.
Mit den richtigen Arrangements strecken wir das schon

auf zwei Albumseiten. Kristin scheint nicht so recht
motiviert, oder hab ich mich zwischen den Zeilen
verlesen? Dass sie im Moment keinen freien Kopf hat,
kann ich verstehen und sie sprang dir ja bei eurem ersten
Song eher spontan zur Hilfe. Musik ist ja in erster Linie
dein Ding. Sie hatte die letzten Jahre ganz andere Dinge
im Kopf. Also sprich mit ihr. Dann reden wir."

Der erste warme Tag. Wir sitzen in der Mittagssonne
und verbrennen uns die Zungen an Woos Curry.
Der Duft tritt auf Farbkapseln in meinem Gehirn,
etwas geschieht, es wird sich mir nie erklären, ich werde
es annehmen, oder mich wehren. Ich nehme es an,
mit geschlossenen Augen. Die Sonne blendet, ich weiß
sie färbt meine Nase rot, Sonnentrunken, daran wird
meine Leber nicht sterben, aber all das Trübe,
was sich gerade an Händen hält um eine Kette zu bilden,
Widerstand gegen alle Leichtigkeit.
Zuhause wähle ich die Nummer des Friseurs.
„Einen Termin, diese Woche? Schätzchen, du bist lustig,
aber wenn es keine Dauerwelle sein muss, können wir
dich schon noch irgendwo dazwischen klemmen,
was brauchst du denn…einen Schnitt. Geht's auch ein
bisschen konkreter, alles ist bei uns Schnitt. Kurz.
Und deine Haare sind…lang. Ne Trennung?
Einfach ne Veränderung. Hast schon ne Vorstellung?
Beratung kostet extra, ansonsten bringst ein Foto mit,
dann reden wir nicht aneinander vorbei.
Morgen Nachmittag, gegen 4. Ist notiert.
Dann bis morgen, ach ja, du bist? Yasmeen."

Auch mit geschlossenen Augen,

erkenn ich mich,

Vertraute schon seit Jahren,

doch im Spiegel,

steht stets ein Mensch,

den ich nicht ertrage,

der so anders ist,

als der,

mit dem ich dieses Leben wage.

Kapitel 7 - Gelbe Felder

Ich spüre nicht mehr was ich brauche. Du küsst meinen Nacken, du küsst ihn öfter als meine Lippen, bist hinter mir, ich könnte jeder sein. Deine Hände unter meinem Shirt, sie sind rau, die Langsamkeit unserer Anfänge ist verschwunden. Ich weiß was du möchtest und ich gebe es dir, hoffe, darin auch mein Glück zu finden. Weil es selbst keine Fragen stellt. Ich wünsche mir Müdigkeit, eine die betäubt in traumlose Räume führt, mich hält, solange, bis ich wieder alleine mit mir bin. Ich träume von Wolken. Ich träume von Regen, von gelben Feldern, um nichts kümmernd als um sich selbst,ich schreibe deinen Namen mit Honig, du selbst hast ihn dort hineingelegt, Bienen die mich nicht kennen und doch bei mir sind, sich in mein Haar setzen und einen Kranz formen. Es kribbelt, die Flügel fächern Kühle, ich bitte dich, dass du mich ansiehst, doch du bleibst hinter mir, scheuchst die Bienen und küsst meinen Nacken.
Ich gehe ins Bad, blicke in den Spiegel, meine Nase ist rot und mein Hals. Ich kämme mir die Haare, spreche Abschied, sie duften nach Honig.

„Yasmeen? Du bist früh. Val hat noch einen anderen Kunden. Ich wasche dir schon mal die Haare. Kommst du?" Das Wasser ist zu heiß, dann ist es zu kühl, es dauert ewig, es ist sinnlos, ob sie sauber, oder fettig zu Boden fallen. Ich gehe mit einem schwarzen Turban zu meinem Spiegelplatz.

Die Auszubildende kämpft sich durch meine Locken,
die sich an Händen halten, Widerstand.
Irgendwann steht Val hinter mir. „Yasmeen? Hi.
Wir hatten telefoniert. Mit „lang" hast du nicht
übertrieben. Bist du dir sicher? Wir stehen ganz am Ende
von Entscheidungen. Ob sie richtig sind, oder nicht,
dies liegt zum Glück nicht bei uns. Wir können nur eine
Empfehlung aussprechen. Steht dir, steht dir nicht.
Das ist schon alles und selbst da, zählt dein Wille.
Hast du ein Bild für mich oder eine Zeitschrift?
Oh, Jean Seberg. Das ist kurz. Da hast du auch nicht
übertrieben. Oder untertrieben? Ich komm gerade ein
wenig durcheinander. Also deine Gesichtsform ist ihrer
ähnlich, daran sollte es nicht scheitern und an deinem
Hinterkopf auch nicht, warte ich halte die Haare mal so,
wie es am Ende ungefähr aussehen würde…"
Ich blicke in den Spiegel, das Licht ist viel zu hell,
meine Nase leuchtet noch roter, meine Wangen glühen,
ich bin nervös, meine Beine zittern, mein Nacken
verkrampft, es fällt mir schwer meinen Kopf zu drehen.
„Da hat wohl jemand deinen Nacken sehr gerne…na da
sind einige Knutschflecken, die kannst du nicht sehen,
ich sehe sie auch erst jetzt, nachher werden sie wohl
alle sehen." Ich beuge mich nach vorne, blicke in meine
Augen und für einen Moment sehe ich dich.
Mit meiner roten Nase, es ist alles so lächerlich…ich
stehe auf, bedanke mich, gebe Trinkgeld, bezahle die
Haarwäsche. Laufe. Meine Haare sind noch zu feucht,
zu schwer, um abzuheben. Ich laufe am Diner vorbei,
an T-Bones Haus, an Lennys Plattenladen, am Kino,

ich bin zu schnell für Gedanken. Ich muss Ma anrufen.
Ich muss Ma anrufen. Ich lache, weil etwas heilt.
Ich renne hinunter zu Eagle. Er kehrt die Stufen.
Er winkt. In meinen Haaren Locken, eine Biene landet
auf meinem Kopf, dann noch eine,
meine Haare duften nach Honig.

Gelb die Felder,
Bienen sprechen einen Segen
und ich werde glauben,
nicht ein bisschen,
denn die Blüten tun es
und der Regen,
die so weich sind,
dass sie keine Wunden reißen.

Kapitel 8 - Straßen, ungeteert

„Schatz, weißt du wie spät es ist? Nein, entschuldige,
ich sagte ja, du kannst jederzeit anrufen.
Was ist passiert? Das klingt so ganz anders, als vor ein
paar Wochen noch. Egal wie du dich entscheidest,
es wird das Richtige sein. Wie ich mich entscheiden
würde? Das ist keine Frage, die ich spontan
beantworten könnte, du hast Vorlauf, bis es sich
irgendwann zu diesem Gefühl hineingipfelte.
Mein Mutterinstinkt? Das ist zwar meine Superkraft,
die ist aber noch im Halbschlaf, ich hol mir nur schnell
was zum Trinken, dranbleiben, ja?" Du bist noch nicht
da. Carol erlebt ihre erste große Liebe, ich habe das Haus
für mich und doch fühle ich mich beobachtet,
rede schnell, blicke mich um, spüre einen Windhauch,
der so nicht sein dürfte, weil die Fenster geschlossen
sind. „So da bin ich wieder, Mutterinstinkt läuft.
Dieser ist kein Barometer für deine Gefühl zu Kristin,
das was du von ihr erzählt hast..., sie scheint ein starkes
Mädchen zu sein, die schon viel hinter sich hat und
bestimmt froh ist, dass sie jemanden wie dich an ihrer
Seite hat. Ich glaube, du wurdest in eine Rolle hinein-
gedrängt, die du vielleicht so gar nicht gespielt hättest.
Aber da ist Neugier, die Angst jemanden zu verletzten,
gerade wenn dieser offene Wunden trägt, da ist die
Fremde und die Sehnsucht nach Geborgenheit.
Keine Freunde, ein Verbrechen, keine Familie, ein paar
Bekannte, ja und die Musik natürlich. Und dann ist da
plötzlich jemand der für dich schwärmt. Überleg mal,

wie es gewesen wäre, wenn ihr euch in deiner Heimat
begegnet wäret ohne das ganze Außenrum…manche
Gefühle…finden ihren Nährboden erst in der Fremde,
in der Einsamkeit. Du kennst mich, ich bin auch ein
alter Hippie, alles hat seine Bedeutung, die Zeit dort ist
wertvoll und wenn du das Gefühl hast, sie geht zu Ende,
dann wird es nichts an Bedeutung verlieren,
im Gegenteil, erst dann wird sie sich entfalten,
jetzt hast du sie gesammelt, wie du darüber in ein paar
Monaten oder Jahren denken wirst, kann noch keiner
sagen. Aber geh den Weg zu Ende, flüchte nicht,
eine Flucht bringt dich immer wieder dorthin zurück.
Warte mal…Elijah…du ich spreche gerade mit Yasmeen,
ich komm gleich…entschuldige, dein kleiner Bruder hat
die Grippe, fiebert schon die ganze Nacht und träumt
seit Tagen von Wolken. Ich leg dir das Geld für den Flug
aus, wenn du kommen möchtest, sag Bescheid,
du sollst nicht das Gefühl haben, dass du dort eine
Gefangene bist, das bist du nicht. Eagle wird es
verstehen, glaub mir. Mach dir wegen ihm keine Sorgen,
es werden sich Wege finden, sei dir nur sicher,
dass du nicht flüchtest…Mein Mutterinstinkt ist sicher,
du schaffst das und er ruft mich jetzt an anderer
Stelle…Wadenwickel. Gute Nacht mein Schatz,
oder guten Nachmittag…such dir das Richtige aus…"

Ich sitze vor dem Bild. Ein Wald, eine weiße Frau,
ein verhangener Himmel, mir ist es heute zu düster.
Die Frau findet nicht heraus, irrt dort wohl schon seit
Jahrhunderten, vielleicht ist es auch der Rahmen,

der sie an der Flucht hindert. Ich drehe das Bild um.
Die krummen Nägel, sind wie kleine Hebel, ich kann
sie von der Leinwand hinweg drehen. Das Bild löst sich.
Zwischen Rahmen und Bild, Staub. Ich wundere mich
über seine Beweglichkeit. Der vergoldete Rahmen, wirkt
jetzt wacklig. Ich lege ihn auf die Kartons,
Stand traue ich ihm nicht mehr zu. Das Bild wirkt
leichter, ich nehme es mit auf mein Zimmer, auf unser
Zimmer, ich weiß, Kristin wird es hassen. Ich lehne es an
den Kleiderschrank, auf meine Seite. Es steht nicht im
Weg und wenn ich mich auf die Seite drehe,
hab ich einen Blick darauf. Ich wünschte, ich könnte den
Maler um etwas Sonne bitten. Ich höre dein Auto, dich,
wie du aussteigst. Den Kofferraum öffnest, ihn schließt.
Die Tür öffnest. Sie schließt. Ich möchte nicht,
dass du mich hier siehst, liegend, noch immer mit zu
vielen Haaren, ganz anders, wie du es dir wünscht.
Ich möchte nicht, dass du dich hinter mich legst.
Ich stehe auf. Du bist duschen. Gehe hinaus.
Möchte nicht das Ende deines Tages sein.
Ist es wirklich so leicht, mich zu lieben?
Ich gehe zu Eagle. Die Nacht zögert noch.
Lässt mir noch etwas Licht, das ich kaum verbrauche.
T-Bone und Eagle sitzen auf der Veranda.
Das Geräusch einer zerdrückten Bierdose. Grillen zirpen.
Woo kommt mir mit dem Rad entgegen. Winkt,
sagt nichts, er hat den Mund voll. Sein Licht zittert,
er tritt im Stehen, möchte nicht absteigen. Am Ende tut
er es doch, es ist zu steil.
Morgen, vielleicht, schafft er es ohne.

Straßen, ungeteert,
Staub,
wenn kein Regen fällt,
Wolken,
wenn der Wind über sie fegt,
ich sehe mich darin verschwinden,
helfen vergessen,
wenn ihr mir nicht folgt.

Kapitel 9 - Möchte stärker sein

„Genießt du die Stille? Schön oder? Wenn alles wieder
an seinem Platz zurückkehrt." „Du kommst bestimmt
nicht zufällig zu deinem Chef, nach Feierabend.
Bone holst du uns noch einen Stuhl? Setz dich, Bone soll
den anderen Stuhl nehmen. Hast du mit deiner Mum
gesprochen? Gut, sehr gut. Bleib. Bone weiß schon
wohin mit dem Stuhl. Bone, ich glaube Yasmeen hat uns
was zu sagen." Ich stottere, es sind mehr Tränen als
Worte. Bone legt seinen Arm um mich. „Na, na, ist doch
alles nicht so schlimm. Dad und ich wissen das doch
schon lange. Es ist gut, dass du jetzt auch ehrlich zu dir
bist. Und es ehrt dich, dass du dies mit uns teilst.
Weiß es Kristin auch schon? Hab ich mir fast gedacht."
„Was meinst du mit, du gehörst nicht hier her?
Nein, da gibt es ganz andere die nicht hier her gehören.
Sie brachten ihre Familien über den Ozean,
damit hatten sie alles an Begründung was sie benötigten,
vor allem gegen die Einsamkeit und die Entscheidung
wieder zu verschwinden. Gehören wir hier her?
Wir haben uns arrangiert und Wurzeln geschlagen,
aber ausgesucht…? Du kannst es dir aussuchen und vor
allem, du kannst wiederkommen. Jederzeit.
Wir werden es dir nicht verbieten, andere vielleicht,
wir nicht. Weißt du schon wann? Ende April vielleicht.
Du wählst schon den richtigen Zeitpunkt. Bone holst du
uns auch ein Bier, warte, bleib sitzen…ich geh selber."

Du liegst im Bett, deine Haare frisch gewaschen,
lange liegst du noch nicht hier, du schläfst oder tust so,
stellst dich tot. Carols Musik hört man bis zu uns.
Keine die mir gefällt. Sie ist wohl von Lenny. Zu viele
Gitarren, zu viel Wut, eigentlich müsste ich es gut
finden, im Moment ist mir mehr nach Stille.
Ich wünschte ich könnte sie lauter drehen. Als ich neben
dir liege, zuckst du zurück. „Wo warst du, hättest doch
Bescheid sagen können. Ich hab dir das glaub ich schon
mal gesagt. Bei Eagle? Soll ich ihn fragen? Hör mal,
ich weiß nicht wie ich es sagen soll, den richtigen
Zeitpunkt gibt es dafür nicht, doch je länger ich darauf
warte, desto mehr Lügen werden sich behaupten.
Das möchte ich nicht. Ich mag dich wirklich sehr.
Aber das, was wir im Moment leben…zielt an unser
beider Leben vorbei, wir ernähren uns von Resten und
zuckern diese mit Sehnsüchten, es schmeckt besser,
verdaut sich aber schwer. Das bin nicht ich, das bist nicht
du. Außerdem gibt es da jemanden, ja Stacy.
Warte mal…Ich wollte es dir schon eher sagen.
Gemerkt hast du es ja, aber ich habe es verneint,
wahrscheinlich weil ich mich selbst belog. Jetzt ist es
raus. Ich kann verstehen wenn du jetzt…Yasmeen…"

Ich hätte deine Sätze mitsprechen können. Worte haben
manchmal nur wenig Spielraum. Ich laufe nach unten,
rufe bei Ma an. Sie versucht nicht, mich umzustimmen,
sie trifft die richtigen Worte. Ich treffe nur ein „Ja".
Ich gehe hinaus. Hoffe du würdest mir folgen, hoffe,
du würdest am Fenster stehen. Es sind nur alte Filme,

die jetzt für mich sprechen, weil ich keine eigenen Bilder
mehr finde. Motten schwirren um elektrische Flammen.
Ich gehe, renne, gehe, mache kehrt, weine, schreie, knie,
gehe, renne, dann bin ich bei Eagle. Er und T-Bone sitzen
noch auf der Veranda, lauschen den Grillen und den
Fröschen. Ich frage mich wo hier ein Teich ist…T-Bone
nimmt seine Füße von dem Stuhl auf dem ich vorher
noch saß. Sie sagen nichts. Bone umarmt mich.
Ich setze mich zwischen die beiden, wir blicken in die
Sterne. Eagle drückt meine Hand. Zieht seine schnell
wieder zurück. Ich wundere mich über die Menge der
Sterne und doch ist jeder alleine, manche nur ein Echo
eines erloschenen Kerns.

Möchte stärker sein,
damit du mich nicht gläsern siehst,
nicht die Risse,
die nun wandern,
bis sie mehr sind,
als das,
was mich noch hält.

Kapitel 10 - Als mein schwächster Moment

Ich stehe am Flughafen. 25.4.1986. Viele Gesichter.
Nervöse Kinder, müde Eltern. Koffer auf Schubkarren.
Auch ich schiebe einen. T-Bone fuhr mich. Du bliebst
zuhause. Es ist gut so. Carol und Lenny gingen gestern
noch mit mir ins Kino, auch Leo und Claire kamen,
Händchenhaltend. Eagle kam heute morgen mit T-Bone.
Wenige Worte nur, eine kurze Umarmung und ein
Abschiedsgeschenk in eine Serviette gewickelt.
Er spricht leise. Setzen ihn am Museum ab,
er winkt, als wir vom Hof fahren. Die Fahrt dauert eine
halbe Ewigkeit. Wir machen keine Pause,
Woo hat uns was eingepackt, das Auto duftet danach.
T-Bone schraubt am Radiogerät, die Sender kommen
und gehen, ich höre unseren Song kein einziges Mal.
T-Bone half mir noch mit den restlichen Songs,
du warst nicht einmal dabei. Er hielt die Arrangements
auf Notenblättern fest. Es würden sich auch in meiner
Heimat gute Musiker finden, die das einspielen
können, auch ein Studio, die Europäischen sind nicht die
Schlechtesten. Er empfahl mir eines in Berlin.
Ich war noch nie dort. Er schwärmt von Karajan und
Tschaikowskis Sechster. Zwei Koffer, die Harfe,
das Bild und viele Erinnerungen. Der Kofferwagen
schob sich schwer. Die Räder eierten. Den Blick stets auf
der Uhr. Wir waren spät. Keine Zeit mehr für eine
Zeitschrift oder ein Buch. „Komm wieder, ja?
Sieh zu, dass deine Tränen auskurieren, dann ist das
viele Salz verschwunden und der Blick wieder klarer.

Dein Fischherz konnte in diesem Ozean nicht mehr atmen, vielleicht war er zu groß, es ist gut, dass du das Gewässer wechselst. Das Bild kenn ich, Dad hat mir davon erzählt, ist es nicht von Roter Feders Vater? Also deinem Ur-Großvater? Nein, das ist keine weiße Frau, ihr Europäer mit euren Gespenstergeschichten. Schau genau…das ist ein Tipi."

Das Flugzeug ist nur spärlich besetzt. Ich habe Hunger. Woos Mahlzeit ließ ich T-Bone, er hatte ja noch die Rückfahrt. Eagles Geschenk steckt in meiner Gesäßtasche. Ich wickle es aus. Ein Stein, mit einer roten Feder, die Rückseite ist zu undeutlich. „Wir kennen uns doch. Ich hab dich erst nicht erkannt, sah dich schon beim Einchecken. Aber jetzt…" Dhafer.
„Darf ich mich zu dir setzen? Apfel?" Gerne.

Epilog.
Sommer 1954.
„Hallo Eagle, lange nicht mehr gesehen. Man sagte mir, dass du noch immer hier lebst, ich konnte es erst nicht glauben. Aber wie ich sehe, hatten sie Recht.
Olivia nenn ich mich schon lange nicht mehr, an dem Namen klebt ein Leben das ich vergessen wollte, nicht, dass mein Jetziges besser wäre, aber würde ich das Alte noch immer mit mir herumtragen, ich würde daran…ach es gibt viel zu erzählen. Aber zuerst wollte ich dich um einen Gefallen bitten. Eigentlich wollte ich es Sue-Ann zurückgeben, aber sie wohnt hier nicht mehr. Man sagt, alle die einmal hier waren, kommen wieder,

wahrscheinlich kommt sie auch wieder, du verstehst,
wenn ich nicht direkt zu den Meyers gehe.
Ein Messer, was mich aus meinem Käfig rettete und
mich in einen Neuen versetzte. Ich brauche es nicht
mehr, sie hat nie gesagt, dass es ein Geschenk sei,
deshalb gehört es noch ihr, bist du so lieb…?"

Mein schwächster Moment,
möchte stärker sein,
Straßen ungeteert,
gelbe Felder,
auch mit geschlossenen Augen.
Was auf mich fällt,
lässt mir Licht,
ich versuche nicht zu starren,
in einer lauten Welt,
die Wolken ziehen leise.